獅口虎橋獄中手稿（四）

周作人及其他汪政權相關人物詩詞唱答

書評讚譽

僅只一人的事跡和資料，卻足以讓我們跳脫傳統視野，
對近代中國的歷史經驗得到嶄新的認識。

美國聖邁可學院歷史學系榮譽退休教授　王克文

這套歷史文獻，見證了一個民族主義與和平主義
的信仰者，在天翻地覆的大時代裡，曲折離奇
的救亡經驗。它是認識汪精衛，也是理解這個時代
特質不可或缺的材料。

前東海大學文學院院長　丘為君

非歷史學家左湊右湊的「證據」，它是一手資料，
研究近代史的人都要看這套書不可！

《春秋》雜誌撰稿人、歷史學者　李龍鑣

為華文世界和大中華文化圈的利益計，
這套書值得我們一讀。

著名傳媒人　陶傑

過往對汪精衛的歷史評論，多數淪為政治鬥爭的宣傳工具，有失真實。汪精衛一生：有才有情，有得有失，有勇有謀，有功有過。記載任何歷史人物必須正反並陳，並以《人民史觀》為標準。基此原則，汪精衛的歷史定位，有必要重新檢視，客觀定論，一切從這套書起。

歷史學者　潘邦正

這套書非常適合歷史研究者閱讀，這無須多言，更重要的是，書中呈現的不只是政治家的汪精衛，還是一個活生生的人，有笑、有淚、有感情、有情趣。

文獻學博士　梁基永

從學術嚴謹的角度來看這套書，有百分之二百的價值。

東華大學歷史學系副教授　許育銘

這套書最重要的意義在於讓一個歷史人物可以在應該有的位置，讓他的著作可以被重視、被閱讀、被理解，讓我們更貼近歷史，還原真相。

國立臺灣師範大學歷史學系教授　陳登武

研究汪精衛不可或缺的資料！

三聯書店出版經理　梁偉基

這六冊巨著是研究汪精衛近年來罕見的重要
史料，還原了一個真的汪精衛。

《亞洲週刊》記者　黃宇翔

這套書為我們提供了研究汪精衛的珍貴資料，
包括自傳草稿、私人書信、政治論述
詩詞手稿、生活點滴、至親回憶等，其中有不少是從未面
世的。閱讀這套書可以讓我們確切瞭解他的人生態度、
感情世界、政治思想、詩詞造詣，
從而重新認識他的本來面目。

珠海學院文學與社會科學院院長　鄧昭祺

不管對有年紀或是年輕的人來說，
閱讀這套書都是很好的吸收與體會。

時報文化董事長　趙政岷

汪精衛與現代中國系列叢書 10

獅口虎橋

獄中手稿（四）諸君彙集

周作人及其他汪政權相關人物詩詞贈答

汪精衛與現代中國系列叢書 10

獅口虎橋獄中手稿（四）諸君彙集

周作人及其他汪政權相關人物詩詞贈答

Prison Writings by Members of the Wang Jingwei Regime IV

國家圖書館出版品預行編目(CIP)資料

獅口虎橋獄中手稿 = Prison writings by members of the Wang Jingwei regime / 何重嘉執行主編. -- 初版. -- 新北市：華漢電腦排版有限公司, 2024.07

冊；　公分. --(汪精衛與現代中國系列叢書；10)

ISBN 978-626-98466-0-3（全套：平裝）

830.86　　113007955

執行主編 — 何重嘉

編　　輯 — 朱安培

設計製作 — 八荒製作 EIGHT CORNERS PRODUCTIONS, LLC

台灣出版 — 華漢電腦排版有限公司

地　　址 — 新北市板橋區明德街一巷12號二樓

電　　話 — 02-29656730

傳　　真 — 02-29656776

電子信箱 — huahan.huahan@msa.hinet.net

初版一刷：2024年7月

ISBN：978-626-98466-0-3（全套：平裝）

定價：NT$2500（四冊不分售）

本著作台灣地區繁體中文版，由八荒圖書授權華漢電腦排版有限公司獨家出版。

代理經銷：白象文化事業有限公司

地址：401 台中市東區和平街228巷44號

電話：04-22208589

eightcornersbooks.com | wangjingwei.org

汪精衛紀念託管會獻給何孟恆與汪文惺

目錄

致何孟恒

其他作品

詩詞集

前言

獄中讀書，本屬常見，沒有甚麼特別，
可是偌大的一座監牢，一時充滿讀書人士，
想來這種情形以前未曾有過，
以後怕也未必會再出現罷。

《何孟恆雲煙散憶》

代序｜陳登武

「青史憑誰定是非」？

影響我們評價歷史人物的因素很多，但一般人似乎不一定注意到。

「青史憑誰定是非」是林則徐的詩句，也是他畢生無限的感慨。

道光廿三年（一八四三），中英鴉片戰爭之後三年，南京條約換約後，朝廷首先釋放和林則徐一起充軍新疆的鄧廷楨。鄧廷楨啓行前，林則徐贈詩說：「白頭到此同休戚，青史憑誰定是非」？說的是他在鴉片戰爭之後被充軍謫貶，他認為是遭到誣陷的往事，但他相信歷史不一定是誰說了算。

「青史憑誰定是非」？評價歷史人物，的確不容易。對於林則徐而言，他感到滿腹委屈，可說是真情流露。如今他已得到極為崇高的民族英雄的封號，歷史應該給他公道了。但是琦善呢？那個去接他的位子，繼續與英國周旋的官員呢？因為他「主和」以及批評林則徐的態度，早已成為世人唾罵的「漢奸」、「賣國賊」。過去許多教科書命題時，甚至會出現：「請敍述琦善賣國之經過」，類似這樣充滿價值判斷的題目。問題是：這樣就把是非說清楚了嗎？

找一個代罪羔羊，為民族屈辱的歷史，承擔起所有的責任，遠比深自檢討反省，徹底覺悟，還要承認與西方世界的落差，來得容易多了！偏偏歷史是非不是那麼容易就說的清楚。學者兼外交官蔣廷黻檢討琦善的表現，認為他在軍事方面，「無可稱讚，亦無可責備」。但是在外交方面，「他實在是遠超時人。因為他審查中外強弱的形勢和權衡厲害的輕重，遠在時人之上」，他還說林則徐「於中外的形勢實不及琦善那樣的明白」，這個評論恐怕還是比較中肯的。

把林則徐說成「忠臣」，琦善是「奸臣」，這種簡便的「忠奸二分法」，就是影響我們評價歷史人物的其中一個障礙 。

有人說一部二十四史不過是爭奪政權的歷史，「成者為王、敗者為寇」，被視為千古不變的定律。大多數人讀史都知道「成王敗寇」的原理，卻未必願意以此原則仔細檢驗對於歷史人物的評價。例如說：既然許多人都同意這條準則，也就是同意它會造成評價歷史人物的干擾。可是，「亡國者就是暴君」，卻又時時籠罩在人們的記憶裡。「紂王」就是最典型的「亡國暴君」。正因為他是「暴君」，所以得到「亡國」的歷史命運。

但是「紂王」真有如史書所描寫的那麼壞嗎？

其實古代就已經有很多人不相信了。譬如，孔子弟子子貢就說：「紂之不善，不如是之甚也！是以君子惡居下流，天下之惡皆歸焉」。荀子評論桀紂也說：「身死國亡，為天下大僇，後世言惡則必稽焉」。對於商周之間的史事，孟子也說：「盡信書，則不如無書，吾於武成，取二三策而已矣」。由此可知，「成王敗寇」是深深影響我們對歷史人物評價的另一個重要原因。

還有一個容易產生影響歷史人物評價的思想，就是民族主義的情感。

從民族主義的立場出發，就會產生許多道德的罪名。譬如說：將某些人視為漢奸、走狗，就是帶有濃烈民族主義立場的評價。美國歷史家小施勒辛格（Arthur M. Schlesinger）說：「陷於狂熱的人們總是要把『高尚的謊言』與現實混為一談。民族主義對世界的敗壞就是一個發人深思的例子」。他對於民族主義對歷史書寫產生的影響，有相當強烈的批判。

帶著民族主義的情感檢驗歷史人物或事件，於是凡合於民族主義精神者，就是好人、好朝代；凡悖離民族主義精神者，就是壞人、壞朝代。類似的思維就呈現在各種教科書中。

但這些都符合歷史事實嗎？真正歷史學研究的答案可能未必都如此！

還有一個影響歷史人物評價的因素，就是因為時間或者空間而產生的距離感。何以言之？其實就是個人的主觀態度和政治壓力所造成的恐懼。

人們對於距離近的人，特別是同時代的人，容易帶著個人情感或立場，評斷某個人物；好惡的感受也比較強。同時，對於這種距離當下較「近」的人的評價，也比較容易引起不同意見。因為人人心中都有一把尺，再加上錯綜複雜的政治因素，也會影響人們對當下人物看法的分歧。但是，當評價一個更久遠的歷史人物時，這項因素的影響力就會遞減。

同樣的問題，因為空間所產生的距離感，也會造成影響。譬如：台灣學界對於歐洲或者美國某個歷史人物的評價，比較不會引起太多分歧的看法。如果有，大致也比較可以讓問題回到屬於學理的客觀討論。但如果對於台灣歷史人物的評價，可能又會很容易引起不同意見。這是空間的距離所產生的個人主觀意識。

以上所有影響我們評價歷史人物的因素，尤其適用於近代中國歷史人物，因為受到更多這些因素的影響，而使得許多歷史落入迷團，不易看的清楚，當事人固然無由為自己講話；即使相關親屬家人，也往往只能噤聲不語。其中對於汪精衛和他身邊的人的評價，尤其受到這些因素的影響，使得許多史實迄今仍在重重雲霧之中，想要撥開雲霧，就需要仰賴更多史料作理性的分析與討論。

《獅口虎橋獄中手稿》正是這樣一本具有史料價值與意義的書籍。

本書彙集了汪精衛女婿何孟恆所收藏的汪政權相關人物未刊文稿。這些文稿，無論是詩詞選讀、謄抄或創作，抑或文集眉批，其中或表心境、或舒情懷、或藏幽思、或有寄託、或含微言，均可以作為第一手史料研究，具有極高史料價值。

試舉一例說明：本書第二冊有汪精衛讀《陶淵明集》的眉批，其中有「讀陶詩」，似為總論其觀點：

陶淵明詩高出古今，讀其詩者慕其人，因之其出處亦加詳寫。以愚論之，淵明於劉裕初平桓玄之際，欣然有用世之志，《乙巳歲三月為建威參軍使都經錢溪》詩云：「晨夕看山川，事事悉如昔」；又云：「眷彼品物存，義風都未隔」。趙泉山謂：「此詩大旨，在慶遇安帝克復大業，不失故物也」，斯言得之。及其見裕，充鄙夫之心，患得患失，無所不至，始決然棄去，抗節以終，讀史述〈夷齊〉、〈箕子〉兩首，心事最為明白。五臣以下所論皆知其一，未知其二。即全謝山之推崇宋武，亦有所偏也，因作此詩：

寄奴人中龍，崛起自布衣。伯仲視劉季，功更在攘夷。嗟哉大道隱，天下遂為私。坐令耿介士，棄之忽如遺。參軍始一作，彭澤終言歸。豈為恥折腰？恥與素心違。世無管夷吾，左衽良可悲！若無魯仲連，何以張國維？

讀史者或應知道陶淵明本身就是一個特殊的歷史人物，他的詩歌「類多悼國、傷時、感諷之語」（此亦借趙泉山語），汪精衛選擇批注其詩文，當亦有所寄託。其不同意諸家解說，乃至失望於全祖望之偏袒劉裕，似皆深有感觸而發，此段眉批顯然透露不少深刻訊息；其所作詩歌，更隱含微言。倘「夷」即指日本，則寄奴（即劉裕）暗指何人？就躍然紙上，不言而喻。那麼這段文字對於想瞭解汪精衛思想或心路歷程之人而言，自然值得細究，當然有很高的史料價值。

從歷史學的觀點說，本書最重要的意義即在此。即便是選取某若干詩詞，僅僅加以抄寫、謄錄，或都有其深意。讀者倘能不以成敗論英雄，取其一二讀之，亦當有所體會，自然能走入不同的歷史世界。對於有興趣研究這段歷史的學者而言，更不能不重視此一史料之價值。

陳登武，台灣師範大學歷史研究所博士。國立台灣師範大學歷史學系教授、文學院前院長，現任中國法制史學會理事長。專攻中國法制史、中國中古史、唐代文學與法律。著有《地獄·法律·人間秩序：中古中國宗教、社會與國家》等。

導讀｜黎智豐

1945 年 11 月至 1947 年 10 月期間，國民政府組織特別法庭以「漢奸」罪名起訴超過 30,000 人，其中被判死刑或無期徒刑者則超過 1,000 人[1]。歷史洪流只會如此把每一個人約化為數字，但是我們應該緊記他們都是有血有肉的人，而且有很多受刑者更是社會各界的翹楚精英。不論古今，我們仍見證著政治風波不斷發生，而政治犯在牢獄之中的筆墨往往最能揭示容易被人遺忘的真相。

本書集結了 1945 年中日戰爭結束後，在南京老虎橋和蘇州獅口監獄中所寫的手稿作品。一眾作者因與汪精衛政權相關而遭受監禁，主張和平運動的各界精英獄中相見，並在艱難時刻撰作酬答書信、詩詞作品，乃至發表文論見解、編纂私人選集。如此種種，獄中發憤，必蘊真情。如今讀者幸從何孟恆先生珍藏，得見一眾作者的獄中手稿，可以從中窺見大時代下的部分寫實記錄。

根據《何孟恆雲煙散憶》[2] 回憶錄形容老虎橋監獄的情形，其親身經驗相信最能作為讀者閱讀本書的情境想像，其言：

> 要排遣此中歲月，最有效的莫如讀書。於是整座老虎橋監獄的氣氛變得彷如黌宮，到處都是讀書聲。尤其是日落黃昏之時，低聲吟哦，高聲朗誦，內容遍及古今中外，諸子百家，駢散文章，詩詞歌賦，無不包涵。獄中讀書，本屬常見，沒有甚麼特別，可是偌大的一座監牢，一時充滿讀書人士，想來這種情形以前未曾有過，以後怕也未必會再出現罷。

---

1 孟國祥、程堂發，《懲治漢奸工作概述》，《民國檔案》1994年第2期：1945年11月至1947年10月，各省市法院審判漢奸結案25155件，判處死刑369人，無期徒刑979人，有期徒刑13570人，罰款14人。楊天石，《伸張國法的歷史嚴懲——抗戰勝利後對漢奸的審判》，《人民法院報》2015年9月11日：至1946年10月，國民政府共起訴漢奸30185人，其中判處死刑者369人，判處無期徒刑者979人，有期徒刑者13570人。至1947年底，起訴人數增至30828人，科刑人數增至15391人。此外，由於中共解放區也同時進行了大量的懲奸活動，因此實際受到審判和懲處的漢奸，大大超過此數。

2 關於何孟恆獄中經歷，詳細請參看汪精衛紀念託管會編，《何孟恆雲煙散憶》增訂本（台北：華漢出版，2024年）第十八章〈樊籠〉。

以上所見雖然未必就是史上唯一，同時今日所見僅為何孟恆所藏的極少部分，相信仍有大量創作已不復見，但也堪謂孕育「監獄文學」的奇觀。監獄嚴酷的環境下，文學作品不僅是受刑者在牢籠中的心聲吶喊，而對於汪政權下抱有「和平自強」理想的眾人來說，更是在壓迫環境下堅定情志的體現。無論讀者抱持何種歷史詮釋的觀點，也應該聆聽在強權下近乎失聲的獄中迴響，相信這種多元的歷史材料有助我們更為公允地作出歷史判斷。

《獅口虎橋獄中手稿》是次單行出版，即在 2019 年《叢書》版本[3]的基礎上再作補充，包括增補周作人《老虎橋襍詩》、韋乃綸《拘幽吟草》等內容，並且分為四冊刊行。以下淺述說明其特點與價值，以供大眾讀者參考：

第一冊

第一冊所載為詞學家龍榆生贈予何孟恆的《倚聲學》手稿，其中分為「悲壯之音」與「悽婉之音」兩大部分，主要內容為討論詞牌體式的變體，以及填詞相關注意事項。《倚聲學》草稿的刊行，不單有助我們理解龍榆生與汪精衛家族的關係，或是龍榆生在獄中創作的艱難，更能讓研究者進一步認知龍榆生詞學觀點的變化。歷來龍榆生詞學理論研究，大多以《倚聲學》指稱龍榆生於 1961 年應上海戲劇學院之邀開課的《詞學十講》講稿，此一講稿的副題即為「倚聲學」。然而，早在 1946 年身處蘇州獅子口監獄，龍榆生已有取名「倚聲學」的著作，並且期望作為詞家與創製新體歌詞者的參考讀物。

若然把《倚聲學》手稿與《詞學十講》作簡單對照，大體可與《詞學十講》的第四講「論句度長短與表情關係」當中「鬱勃激越的曲調」與「流麗和婉的

3　2019年由汪精衛紀念託管會編，時報文化出版《汪精衛與現代中國》，系列有《汪精衛詩詞新編》、《汪精衛生平與理念》、《汪精衛南社詩話》、《汪精衛政治論述》，《獅口虎橋獄中寫作》，和《何孟恆雲煙散憶》，首度公開諸多親筆手稿。

曲調」兩部分相應，強調詞體結構與情感表達之關係。相對於龍榆生 1933 年開始創刊的《詞學季刊》、《同聲月刊》，以及 1961 年代表晚年大成的《詞學十講》講稿，《倚聲學》手稿的刊行或能填補龍榆生詞學理論建構之過程，誠為理解二十世紀現代詞學的重要文獻。

值得注意的是，龍榆生在獄中依然堅持詞學理論的建構，並非僅為排解苦悶，聊作詞論。龍榆生於 1942 年的《真知學報》撰文提出「創製富有新思想、新題材、而能表現我國國民性之歌詞」、「促成新國樂之建樹，而完成繼往開來之大業」，其詞學研究之目的可謂「聲詞救國」，以期借助詞體當中音樂與文學的雙重感染力，成就再造新國樂的宏願。故此，讀者在閱讀龍榆生《倚聲學》手稿之時，亦宜在此脈絡下理解獄中詞論手稿的政治意義。

第二冊

第二冊所載為龍榆生分別為何孟恆、汪文惺選錄的《天風集》、《明月集》及其續篇，並有汪精衛與龍榆生批註的《靖節先生集》札記等。讀者或知汪精衛自幼好讀陶淵明集，頗有心得，既慕其山林之樂，又稱其志節之高，此均可以汪詩為證。然而，若想重回汪精衛的閱讀情境，則不能不從朱筆批註版本《靖節先生集》發端。

本冊所收《靖節先生集》不單有汪精衛、龍榆生兩位的批註，亦有何孟恆的註文補記，有助讀者還原汪精衛閱讀陶淵明集的感悟，體會汪氏所言「古今詩人，有博厚高明氣象者，唯陶公一人」之推崇，並得批註當中閱讀汪氏和詩，得見尚友古人的酬和。此外，龍榆生批註之於《靖節先生集》多有校訂，讀者在感受汪精衛的閱讀情境同時，也能注意兩人在討論陶詩時的治學嚴謹。

至於《天風集》、《明月集》及其續篇，讀者可以視之為龍榆生的私人選集，以作何孟恆、汪文惺的贈禮。龍榆生《唐宋名家詞選》被譽為「近世選本之冠」，其選篇之眼光足可信賴。《天風集》所選主要為宋代作品，作為何孟恒三十三歲的生日禮物，此一選本之對象及目的明確，或可視作龍榆生選予後輩精讀之作，讀者亦宜參考。《明月集》則以「清」之風格選歷代詞賦，以贈汪文惺，又得陳璧君新筆手錄，字體端正清晰，旁記標明平仄，便於初學者入門閱讀。上述私人選集兼具入門與精選的意義，相較公開刊印的選集更具情味，其價值之於今日讀者亦不可低估。

第三冊

第三冊所載為陳璧君在獄中撰寫的詩詞、書信，並有陳璧君抄錄汪精衛的五部詩詞集。陳璧君與汪精衛的夫妻感情深厚素為人知，此於汪詩多有所見，然陳璧君詩作則較少受注意。本冊所收〈懷四兄亦有自感〉一詩有云：

映雪囊螢願已賒，書生本色漫堪誇。

情深太傅過秦論，志切留侯博浪沙。

動靜久乖禪定味，推敲難得隔年花。

相逢何事悲搖落，如此良宵浣物華。

此詩深刻地表達了她對丈夫汪精衛（四兄）的思念，又對當時形勢抒發感慨之情。不單以張良、賈誼的典故讚揚汪精衛的情志，身在危難之中對其政治抱負表示支持，亦在感慨人生的無常的同時保持希望。除此以外，陳璧君手稿當中亦見「萬里長空浣物華」或「萬里長空著月華」的詩句修訂，從此窺見陳璧君在獄中創作過程的珍貴記錄。

陳璧君也把數冊汪精衛詩詞稿贈予後人及親友，以廣汪精衛詩詞的流傳。值得注意的是，陳璧君在被捕後被判無期徒刑，身處獄中極為虛弱，然其持續抄寫汪精衛詩詞足見其堅毅之心。對於今日讀者及研究者，陳璧君所抄汪詩則提供多個對校版本，有助理解汪精衛詩詞的不同面貌，尤其在後來刊印本良莠不齊，甚或收錄並非汪精衛的作品，更見陳璧君抄本的文獻價值。

第四冊

第四冊所載為因參與「和平運動」而入獄的各界重要人物之詩文作品，其中周作人《老虎橋襍詩》、韋乃綸《拘幽吟草》等更為此次再作補充，而大部分手稿均在是次出版計劃首次收錄。除了龍榆生、周作人、江亢虎、陳璧君等著名人物，亦有其他南京國民政府時期的重要官員，如擔任立法院長兼上海市長的陳公博、擔任財政廳長的汪宗準、擔任高等法院院長的張孝琳、擔任教育廳長的章賦瀏等；以及頗有學術貢獻與藝術成就的各界專家，如身為生物學家的吳元滌、崑曲研究專業的高齊賢等，均值得讀者多作留意。

本冊除了眾人自撰詩詞，亦有謄錄前人作品，甚或界於兩者之間的詩詞改寫，以抒發各人在獄中的情感與交流。舉例而言，南京市長周學昌謄抄清代詩人吳雯「清宵珠斗望闌干」詩句，又改吳雯另一詩作以贈何孟恆，其云：

紅發東園梅，綠破西津柳。莫論眼前事，且酌花下酒。

氷魚不計錢，江橘嫩香手。風土致不惡，桑圃好為友。

昨夜春又寒，不知山雨驟。君家嶺南山，番禺在其右。

豫州種菜蔬。蓮落收蒲藕，故鄉好歲月。情景豈相負。

每到春雁來，還憶虎牢否？

此詩最後一句「還憶橫汾否？」改成「還憶虎牢否？」以貼合南京老虎橋監獄的情境，並且借作前人詩作訴說結友與惜別之情。讀者可以從相關詩作細味，眾人在獄中互勉共渡，又復不忘國事之志，將能躍然於紙上。

《獅口虎橋獄中手稿》不僅是對 1945 年以後那段動盪時期的文學作品，更是一組為我們呈現時代側面的珍貴歷史文獻，反映了整個時代的複雜與多樣。監獄文學大多具有顯著反映真實的特性，主要是因為多由親身經歷囚禁的作者創作。這些作品直接反映了作者在特定歷史時期的生活狀況和內心感受。由於作者們身處特殊的環境，他們的作品通常帶有強烈的真實感，使得讀者能夠更加深刻地體會到當時的社會環境和個人處境。這種文學作品不僅是對個人經歷的記錄，也反映了那個時代的廣闊背景。

對於文學、歷史的研究者而言，本書出版已經清晰地把相關材料公諸於世，後續研究則必俟來者進一步發掘，以還原時代之真貌。至於對大眾讀者而論，我相信透過閱讀這些獄中手稿，我們不僅能夠看到個體的苦難與堅持，更能深刻體會整個社會的發展脈絡。雖然這些手稿只是由少數人在艱難的環境下創作而成，而且可能只是當時 30,000 位受刑者極小部分的聲音，但這些手稿對於我們理解和認識民國歷史依然具有重大意義。

但願這些作品讓我們記住，歷史敍述背後的每一個故事都是某些人的真實經歷，他們的聲音值得我們細心聆聽、深入思考。

黎智豐，香港中文大學中國語言及文學系哲學博士，國科會人文社會科學研究中心國際訪問學人。專門研究先秦時期的古代文獻及其思想，曾於香港多間大專院校任教中國語文相關課程，現時繼續於網上舉辦文言、文化推廣課程。

編輯前言

1945年，日本投降，主張和平運動的汪精衛國民政府於8月16日宣告解散。戰後，一眾汪政權人物被冠上「漢奸」罪名入獄，分別被囚禁於南京老虎橋監獄與蘇州獅子口監獄。何孟恆作為女婿，亦與陳璧君在廣東一同被禁，並於老虎橋監獄服刑。兩年半後，何氏獲釋，同囚的眾人撰詩為他送行，出獄後，他又前往獅子口監獄探望陳璧君，並帶出了她與龍榆生等作品。

2019年汪精衛紀念託管會與時報文化發行《汪精衛與現代中國》系列叢書[1]，其中一冊為《獅口虎橋獄中寫作》，把何孟恆珍藏已久的獄中手稿整理出版，俾汪政權諸人戰後的罕有紀錄得以存續，也讓讀者能更完整認識民國史。2024年本會在以往書籍基礎上，作進一步的增訂、補充，並彙編為《獅口虎橋獄中手稿》全四冊，不單收錄過往未有之手稿，更搜羅出獄中諸君的生平背景，兩相比照下，令讀者得覩中日戰爭落幕後鮮為人知的獄中文學。

本書為第四冊，收錄陳公博、高齊賢、江亢虎等26位汪政權相關人物的獄中作，並首次發表文學家周作人《老虎橋襍詩》、韋乃綸《拘幽吟草》等獄中手稿，乃釐清傳世各版不同的重要考據。他們於囚禁期間寄情讀書，並進而涉獵創作，本書之難能可貴即繫於此，其中蘊藉尤深者，是於文字以外，諸位互贈墨寶的深切交情，何孟恆便曾於回憶錄《雲煙散憶》中表達他對友人撰詩送行的感激：

同舍諸友聽得我歸期已近，都紛紛遺贈，以為紀念。韋乃綸、高齊賢和好幾位都以詩詞相送。高齊賢自廣州至南京都和我同在一處，他的詩跋寫上

1 系列還有《汪精衛生平與理念》、《汪精衛政治論述》、《汪精衛詩詞新編》、《汪精衛南社詩話》和《何孟恆雲煙散憶》，首度公開諸多親筆手稿。2023年後系列續由八荒圖書陸續出版增訂版單行本，並加入新著《我書如我師——汪文惺日記》。

共同經歷的日子，對我這不寫日記的人有很大的幫助。汪時璟給我寫的一頁小楷，愈寫愈細，愈細愈精，十分可愛。[2]

獄中人物已伴隨歷史落幕，被遺忘在旮旯裏。恰如何孟恒的慨歎：

轉眼又過了許多年，知堂老人早歸道山，我亦皤然一叟，這兩首詩仍然高懸齋壁，其餘各人的題贈，至今還合什珍藏，不時展讀，不知當時同舍還有幾人在世，又有幾人記得起我呢？[3]

至今，關於南京政權諸人在獄中的生活、文學創作與史料非常稀少，本書出版即以一手資料撥開雲霧，還原歷史，讓人得以窺探汪精衛政權人物在幽禁中之心境，也表達了囚友以詩詞文學互相勉勵，抒發往事的情懷。以下就本書的編輯凡例，略加說明：

一、部份手跡難以辨認，特別附設釋文供讀者閱覽，文字一律依據原稿謄錄，如有未能辨識的字，皆以□標示，冀日後有識之士辨正。

二、由於「致何孟恒」與「其他作品」中的原稿大小各有不同，除寫於同一紙上的作品外，其餘作品因應圖片形狀排列，並無特定的先後次序，惟盡量把同作者的作品放在一起。

三、汪政權被囚人物眾多，本書特別把人物簡介附註於其作品旁，供讀者瞭解，但有些人物只能按他們寫於作品上的名字列出。

2 見《何孟恒雲煙散憶》增訂本，頁233。

3 見《何孟恒雲煙散憶》增訂本，頁234。

吳元滌　高齊賢　郭秀峰

屈向邦　汪宗準　潘毓桂

侯逸塵　潘毓桂　市　隱

張孝琳　江亢虎　李公鐸

章賦瀏　鄒泉蓀　繡　寬

賈覺先　周學昌　陳國強

韋乃綸　徐滌珊　張劍青

陳容甫　汪時璟　陳公博

蘇理平　凌　騏　周作人

致陳璧君

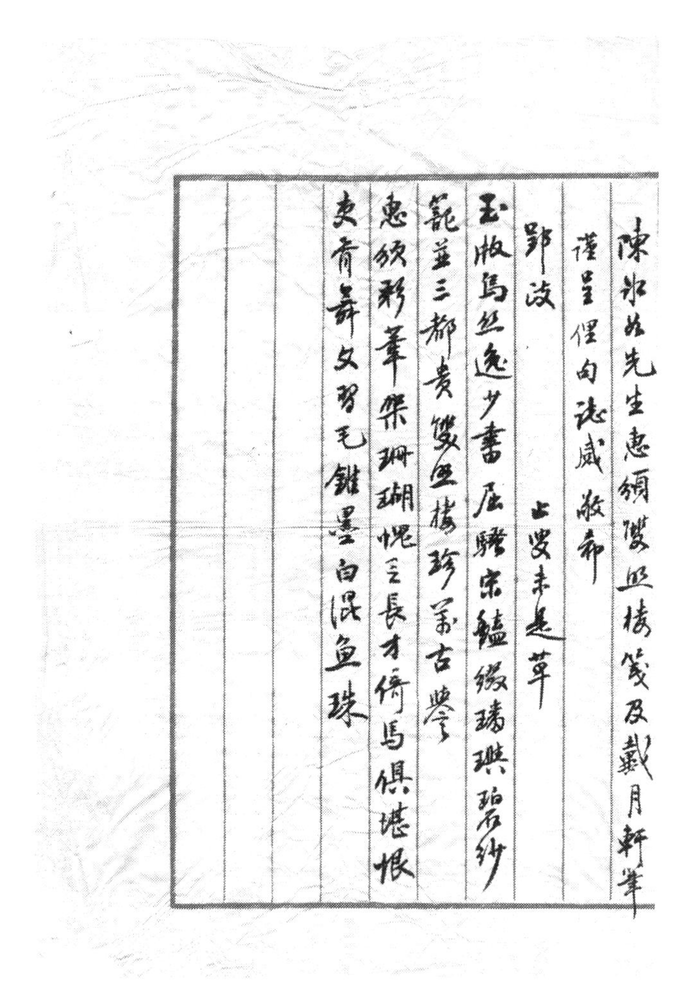
陳冰如先生惠頒雙照樓箋及戴月軒筆
謹呈俚句誌感 敬希
郢政
止叟未是草
玉版烏絲逸少書屈騷宗豔綴璠璵碧紗籠並三都貴雙照樓珍萬古譽
惠頒彩筆架珊瑚愧乏長才倚馬俱堪恨吏胥舞文習毛錐墨白混魚珠

止叟（吳元滌）作

陳冰如先生惠頒雙照樓箋及戴月軒筆

謹呈俚句誌感　敬希

郢政　　　　　　　　　　　　　　　　　　止叟未是草

玉版烏絲逸少書•屈騷宗豔綴璠璵•碧紗籠並三都貴•雙照樓珍萬古譽•

惠頒彩筆架珊瑚•愧乏長才倚馬俱•堪恨吏胥舞文習•毛錐墨白混魚珠•

止叟（吳元滌）作

〈留別〉

垂老衰慵一腐儒・窮途轗軻誤真吾・飄萍斷梗浮沉共・落月停雲觀感殊・
貧賤不移離振鐸・卷懷仍昧濫吹竽・濯纓清淺滄浪水・假我餘年去舊汙・

棲遲幽谷兩星霜・困厄顛連寵辱忘・貝葉傭書悟業劫・雕蟲漫賦慨興亡・
懷刑苟免邀寬假・補過藏修勉肅將・往諫來追存一息・毋傷老大自頹唐・

右呈

冰如先生　郢正

止叟吳元滌呈草　丁亥秋月

吳元滌，江蘇江陰人，生物學家，曾任蘇州中學校長、南京國民政府中央儲備銀行蘇州分行副行長，戰後被判有期徒刑二年半，其於獄中著書《生物學大辭典》。

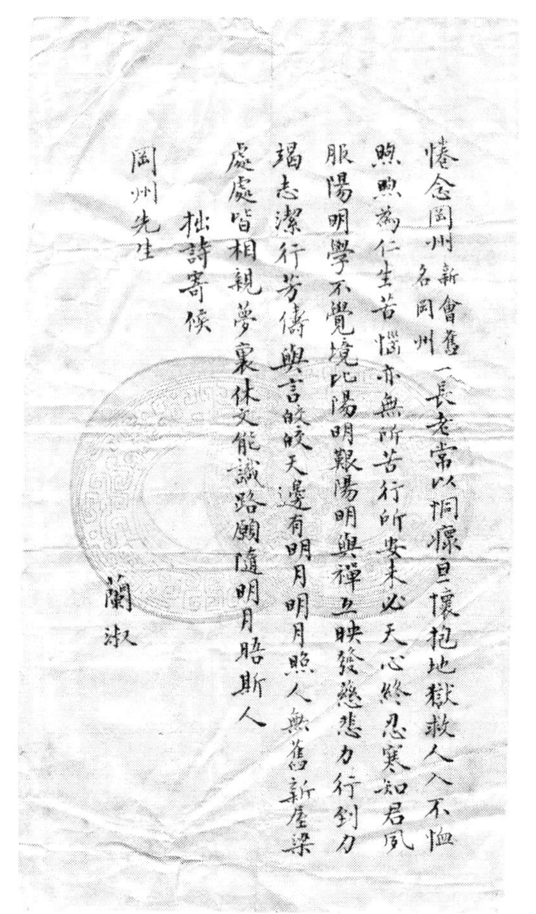

惓念岡州新會舊名岡州一長老常以恫瘝亘懷抱地獄救人入不恤
煦煦為仁生苦惱亦無所苦行所安未必天心終忍寒知君夙
服陽明學不覺境比陽明艱陽明與禪互映發慈悲力行到力
竭志潔行芳儔與言皎皎天邊有明月明月照人無舊新屋梁
處處皆相親夢裏休文能識路願隨明月晤斯人
拙詩寄候
岡州先生　蘭淑

屈向邦作

惓念岡州新會舊名岡州一長老・常以恫瘝亘懷抱・地獄救人入不恤・煦煦為仁生苦惱・亦無所苦行所安・未必天心終忍寒・知君夙服陽明學 *・不覺境比陽明艱・陽明與禪互映發・慈悲力行到力竭・志潔行芳儔與言・皎皎天邊有明月・明月照人無舊新・屋梁處處皆相親・夢裏休文能識路・願隨明月晤斯人・

拙詩寄候

岡州先生　蘭淑

屈向邦（1897–1975），字沛霖，號蔭堂，又名蘭淑，廣東番禺人。明末清初著名學者屈大均的後裔。國學家，能詩好收藏，著有《蔭堂詩集》、《粵東詩話》與《誦清芬室藏印初集》等。曾任汪家家庭教師及汪精衛的秘書，1932 至 1936 年汪精衛任行政院長期間擔任行政院秘書。汪精衛南京國民政府期間，在上海與汪宗湜主持祥興公司出口棉紗的業務，營收用來資助汪精衛出國訪問所需旅費。抗戰結束後因商人身份而未被起訴。

* 汪精衛在日本留學時得到日人里見常次郎著之〈陽明與禪〉（寶文館，1904），開始將其翻譯成中文，一直到 1938 年才完成，並由中日文化協會於 1942 年出版。

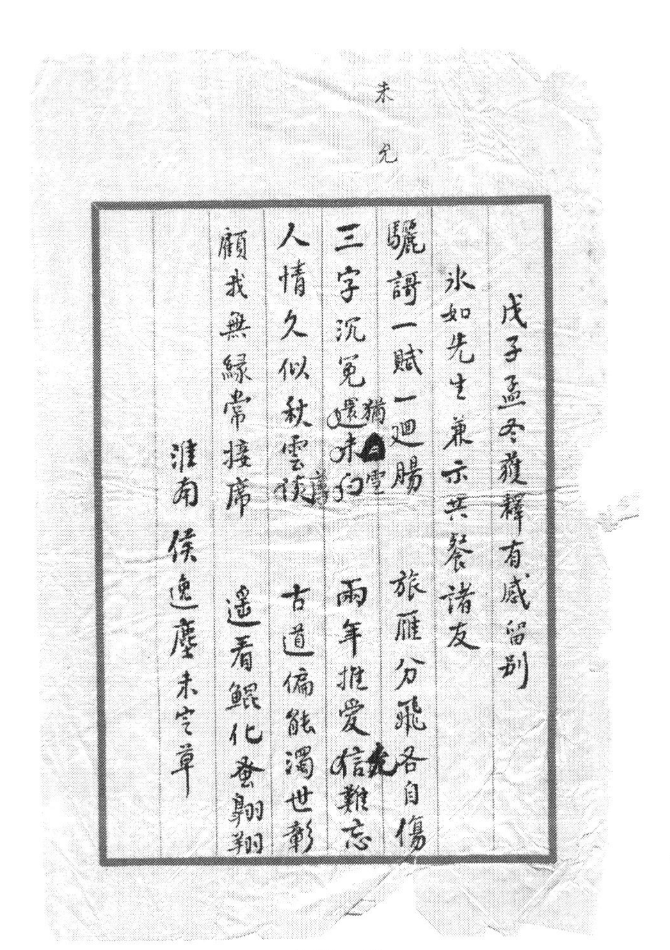

未允

戊子孟冬獲釋有感留別
冰如先生兼示共餐諸友
驪謌一賦一迴腸　旅雁分飛各自傷
三字沉冤猶未雪　兩年推愛信難忘
人情久似秋雲薄　古道偏能濁世彰
顧我無緣常接席　遙看鯤化蚤翺翔
淮南　侯逸塵未定草

侯逸塵作

〈戊子孟冬獲釋有感留別〉

冰如先生兼示共餐諸友

驪歌一賦一迴腸・旅雁分飛各自傷・三字沉冤猶未雪・兩年推愛信難忘・

人情久似秋雲薄・古道偏能濁世彰・顧我無緣常接席・遙看鯤化蚤翺翔・

淮南　侯逸塵未定草

旅思
故園今已十年違一片鄉心逐雁飛鵑鳥亦知為客苦
聲聲來喚不如歸
題香閨攬鏡圖
菱花清絕曉妝成顧影無端恨轉生兒女妍媸干甚事
照人何苦太分明
夜深
天河移影倚簷斜隱隱江城玉漏賒抱得蘭衾清似水
半窗殘月夢梅花
答姚君問
百歲流光半已過強將詩酒慰蹉跎君如欲問窮通理
少有才華福便多
重過
秣陵秋盡雨瀟瀟重過秦淮舊板橋滿院落花簾不捲
玉釵敲斷可憐宵
郊外閒吟
清溪幾曲抱村流曳杖風前聽短謳芳草綠迷樵子路
夕陽紅上酒家樓行經僧寺停遊屐泊近漁磯理釣鉤
為語西曹休憶我此身今已屬閒鷗
敬杭吟

張孝琳作

〈旅思〉

故園今已十年違‧一片鄉心逐雁飛‧鵑鳥亦知為客苦‧聲聲來喚不如歸‧

〈題香閨攬鏡圖〉

菱花清絕曉妝成‧顧影無端恨轉生‧兒女妍媸干甚事‧照人何苦太分明‧

〈夜深〉

天河移影倚簷斜‧隱隱江城玉漏賒‧抱得蘭衾清似水‧半窗殘月夢梅花‧

〈答姚君問〉

百歲流光半已過‧強將詩酒慰蹉跎‧君如欲問窮通理‧少有才華福便多‧

〈重過〉

秣陵秋盡雨瀟瀟‧重過秦淮舊板橋‧滿院落花簾不捲‧玉釵敲斷可憐宵‧

〈郊外閒吟〉

清溪幾曲抱村流‧曳杖風前聽短謳‧芳草綠迷樵子路‧夕陽紅上酒家樓‧
行經僧寺停遊屐‧泊近漁磯理釣鉤‧為語西曹休憶我‧此身今已屬閒鷗‧

張孝琳作

〈欹枕吟〉

高樓欹枕月初盈•亂念能消夢亦清•不是書從前世讀•斷難名與古人爭•
衡才那敢輕貧賤•交友原期共死生•一任江河日趨下•獨留肝膽照神京•

〈題白頭鳥桃花便面〉

一別瑤池五十秋•此身常為紫雲留•桃花不是無情物•笑倚東風伴白頭•

〈殘春〉

幾樹枝頭綠漸濃•無多鈴索響東風•子規別有傷春意•欲把啼痕殉落紅•

〈孤山梅〉

君本羅浮頂上仙•序班常在百花前•無端嫁與林和靖•寂寞空山抱鶴眠•

〈春閨詞〉

竹映欄杆柳拂衣•杏花如雪撲簾幃•春愁正苦難排遣•又見雙雙燕子飛•

〈送友遠行〉

廿年踪跡儼如萍•宦海空餘老病身•我已無心戀簪組•君緣何事走風塵•
江亭折柳難為別•驛路逢花易感春•此去莫拋遊子淚•天涯多少未歸人•

一聲清唳雁南翔渺渺秋空夜欲霜兩岸叢蘆留不住
月明如水渡瀟湘
題閨中填詞圖
纖手閒拈筆一枝碧紗窗下寫新詞詞中無限纏綿意
未許添香侍女知
雪
六出霏霏著地輕頓教寰宇倍清明崎嶇世路都填遍
不許人間見不平
光奪銀屏冷未消春城無處不瓊瑤從今借得三分白
留與梅花破寂寥
片片飛來惹鬢絲自傷頭白已多時明知調鼎終無分
脫口還吟宰相詩
彈指華嚴眼底陳河山璀璨色如銀不知玉宇瓊樓外
可有寒江獨釣人
春興
曲池西畔小橋東一徑尋芳宛轉通楊柳有情依檻綠
桃花無語隔簾紅林鳩遠喚前村雨畫蝶低飛小院風
難得玉壺春易買不應長放酒盃空
感懷
石頭城畔草蕭蕭六代烟花久寂寥亂世已無書可讀

張孝琳作

〈夜雁南飛〉

一聲清唳雁南翔．渺渺秋空夜欲霜．兩岸叢蘆留不住．月明如水渡瀟湘．

〈題閨中填詞圖〉

纖手閒拈筆一枝．碧紗窗下寫新詞．詞中無限纏綿意．未許添香侍女知．

〈雪〉

六出霏霏著地輕．頓教寰宇倍清明．崎嶇世路都填遍．不許人間見不平．

光奪銀屏冷未消．春城無處不瓊瑤．從今借得三分白．留與梅花破寂寥．

片片飛來惹鬢絲．自傷頭白已多時．明知調鼎終無分．脫口還吟宰相詩．

彈指華嚴眼底陳．河山璀璨色如銀．不知玉宇瓊樓外．可有寒江獨釣人．

〈春興〉

曲池西畔小橋東．一徑尋芳宛轉通．楊柳有情依檻綠．桃花無語隔簾紅．
林鳩遠喚前村雨．畫蝶低飛小院風．難得玉壺春易買．不應長放酒盃空．

〈感懷〉

石頭城畔草蕭蕭．六代烟花久寂寥．亂世已無書可讀．愁懷還望酒能消．
馬頭長嘯驚秋月．江上悲歌咽暮潮．安得健兒三百萬．九州鋒鏑一齊銷．

愁懷遙望酒能消馬頭長嘯驚秋月江上悲歌咽暮潮
安得健兒三百萬九州鋒鏑一齊銷

採薪女

一徑穿雲去松風颯颯凉青山雙足繭紅葉一肩霜野
霧籠裙濕崖花拂鬢香問年纔十五辛苦為誰忙

山村

山村初過雨凉翠濕窗衣室小留香久簷低碍燕飛風
停花落緩市遠客來稀欲覓鄰翁語聽鶯尚未歸

秦淮柳 為某公蹂躪舞女而作

一樣秦淮柳長條復短條昨宵風雨惡揉損小蠻腰

述感 國府西遷後作

行雨行雲事總非巫陽迢遞夢魂稀拋殘紅豆人何在
開盡黃花客未歸逝水萍根原不定失籬瓜蔓苦無依
傷心自怨蛾眉老羞向燈前理嫁衣

舊作錄呈

冰如先生 教正

張孝琳未定藁

張孝琳作

〈採薪女〉

一徑穿雲去•松風颯颯涼•青山雙足繭•紅葉一肩霜•野霧籠裙濕•崖花拂鬢香•
問年纔十五•辛苦為誰忙•

〈山村〉

山村初過雨•涼翠濕窗衣•室小留香久•簷低碍燕飛•風停花落緩•市遠客來稀•
欲覓隣翁語•聽鶯尚未歸•

〈秦淮柳〉 為某公蹂躪舞女而作

一樣秦淮柳•長條復短條•昨宵風雨惡•揉損小蠻腰•

〈述感〉 國府西遷後作

行雨行雲事總非•巫陽迢遞夢魂稀•拋殘紅豆人何在•開盡黃花客未歸•
逝水萍根原不定•失籬瓜蔓苦無依•傷心自怨蛾眉老•羞向燈前理嫁衣•

舊作錄呈

冰如先生　教正　　　　　　　　　　張孝琳未定藁

張孝琳，字劍青，曾任中東鐵路法律顧問，1934 年任職最高法院庭長，後來於南京國民政府擔任安徽高等法院院長，戰後被判有期徒刑十年，褫奪公權十年，後經最高法院改處有期徒刑五年，褫奪公權五年。

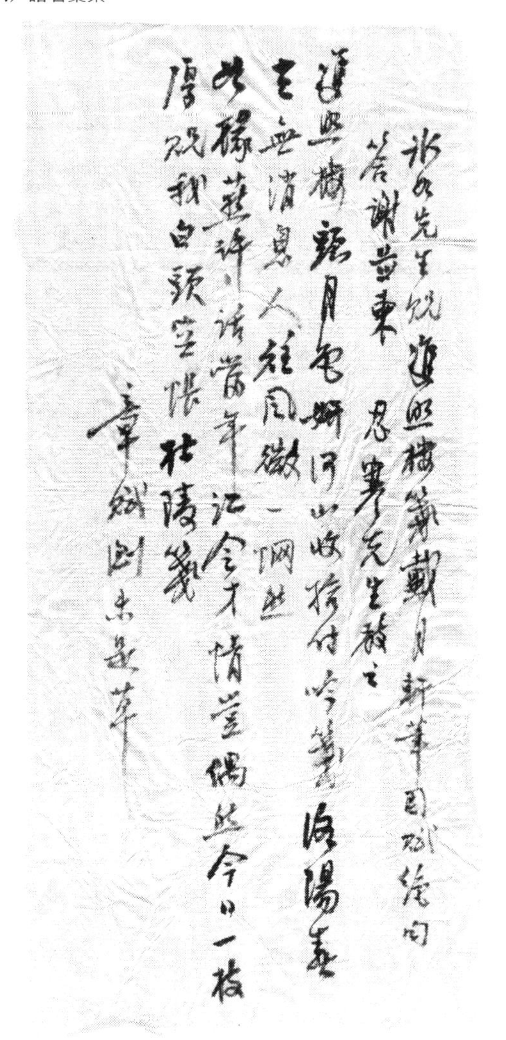

章賦瀏作

冰如先生貺雙照樓箋戴月軒筆因賦絕句
答謝前柬　　　　　　　　忍寒先生教之

雙照樓頭月色妍・河山收拾付吟箋・
洛陽春去無消息・人往風微一惘然・

如椽燕許話當年・江令才情豈偶然・
今日一枝厚貺我・白頭空帳杜陵箋・

章賦瀏未是草

章賦瀏，日本東京帝國大學文學士、日本中央大學法學士，歷任南京國民政府江蘇省政府秘書、江蘇教育廳長，曾編書《東洋史》，戰後被判有期徒刑七年，褫奪公權七年。

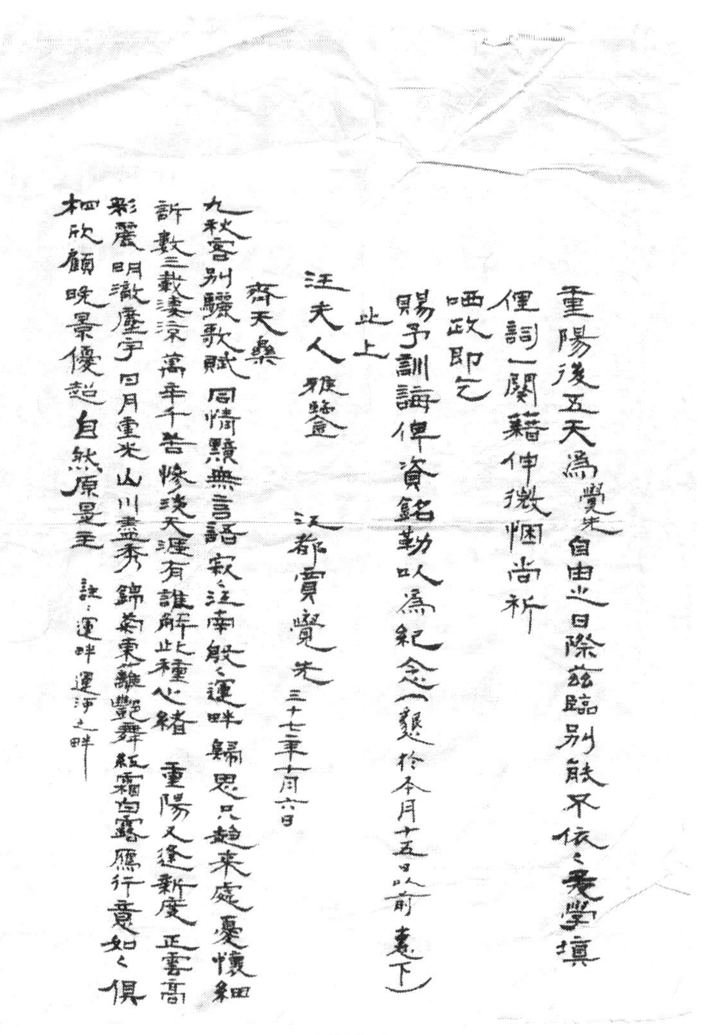

賈覺先作

重陽後五天為覺先自由之日，際茲臨別，能不依依，爰學填俚詞一闋，藉伸微悃，尚祈哂政，即乞賜予訓誨，俾資銘勒，以為紀念（懇於本月十五日以前惠下）。

　　此上

汪夫人雅鑒　江都賈覺先　　　　　　　　　　　　　　三十七年十月六日

〈齊天樂〉

九秋客別驪歌賦・同情黯無言語・寂寂江南・殷殷運畔・歸思只趨來處・憂懷細訴・數三載淒涼・萬辛千苦・慘淡天涯・有誰解此種心緒・　重陽又逢新度・正雲高彩麗・明澈塵宇・日月重光・山川盡秀・錦菊東籬艷舞・紅霜白露・鴈行意如如・俱相欣顧・晚景優超・自然原是主・　　　　　　　　　註：運畔運河之畔

賈覺先，曾任南京國民黨江都縣黨部執行委員會主任委員。

致何孟恆

誰道歸期無定準・梅萼猶殘・九九寒消盡・未折柳條先惹恨・
河梁路隔雲泥分・　別酒此時無可引・一曲驪歌・唱到陽關近・
去日何郎休再問・青衫有淚吾曾揾・調寄〈蝶戀花〉

孟恆兄歸期有日矣，同舟風雨，
能不依依，別酒難斟，小詞強賦，聊代祖餞，并訴離悰。

戊子初春翠薇　韋甦齋

韋甦齋，即韋乃綸，南京國民政府成立後曾任職宣傳部特種宣傳司司長、安徽省禁煙局長，亦是中華電影聯合公司之監察人，戰後被判入獄。

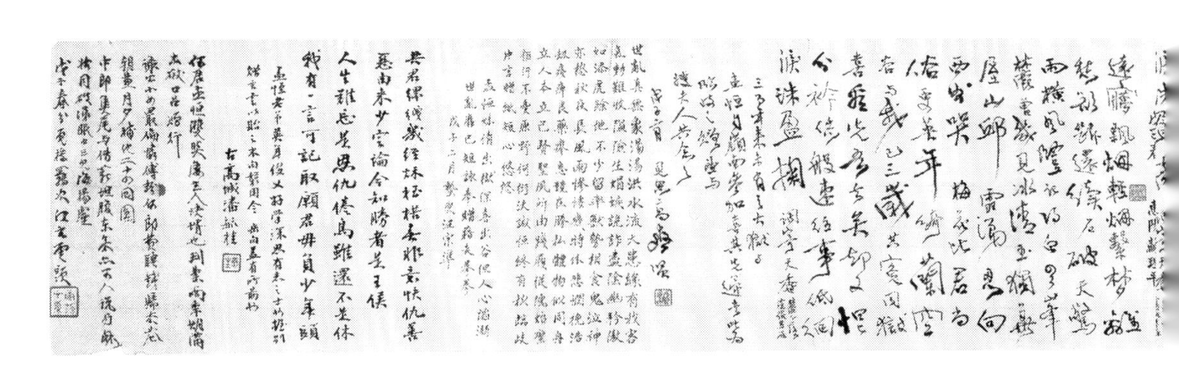

與子同羈旅・悠悠三度秋・羨子先歸去・嗟余仍滯留・念此中道別・惘惘失良儔・惜無一杯酒・酌子虎橋頭・我今在羅網・何日獲偕遊・五月榴火紅・夙顏當可酬・相期石澳下・浴詠以忘憂・海濱沙上臥・悠然看白鷗・

孟恆先生歸，賦此送之。

戊子春日　荷塘
陳容甫

虎牢解脫喜君先・兩載同羈亦夙緣・
采采填詞驚妙手・孜孜為學畏前賢・
恩仇得失憑誰論・禍福盈虛任自然・
最是嶺梅喜訊早・經霜耐雪更增妍・

孟恆兄英年力學，造詣何可限量，
今於其先歸也，賦此贈之。

戊子春　惠陽蘇理平

（鈐印：雲想衣裳）

蘇理平，曾任國民政府軍政部陸軍軍務司軍事科上校科長、淞滬警備司令部秘書兼代辦公廳主任、上海市公安局秘書主任等，南京國民政府成立後曾任職南京特別市政府秘書長，戰後被判有期徒刑十年，褫奪公權七年。

韋甦齋、陳容甫、蘇理平、高齊賢、汪宗準、潘毓桂、江亢虎作
9”×52.125”

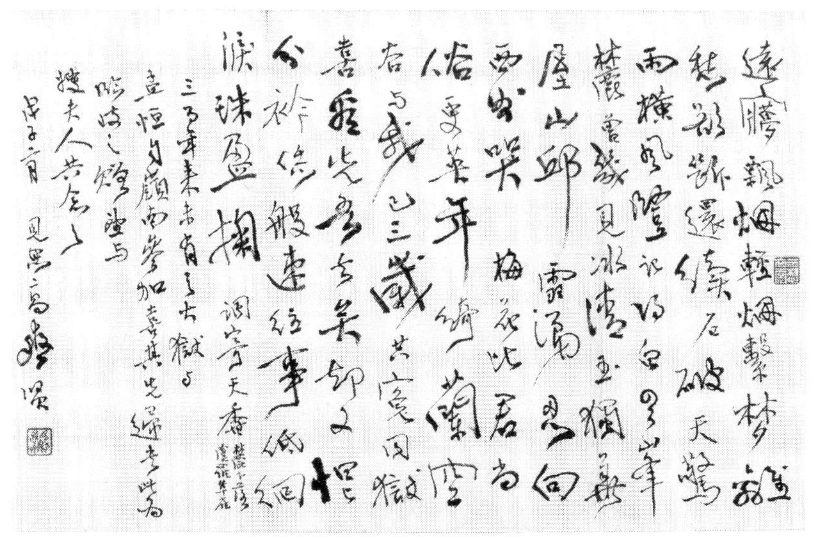

（鈐印：見賢思齊）

遠寥飄煙•輕煙繫夢•離愁欲斷還續•石破天驚•雨橫風豎•記得白雲峯麓•曾幾見•冰清玉獨•華屋山邱•雪涕忍向西奴哭• 梅花比君尚俗•更英年綺蘭空谷•與我已三歲•共冤同獄•喜看先吾去矣•卻又惘兮衿恁般速•往事低徊•淚珠盈掬•

調寄〈天香〉 麓下落虞羅隼雀

三百年來未有之大獄，與
孟恆自嶺南參加，喜其先歸去，此為
臨歧之贈，望與嫂夫人共念之。

戊子二月 見思高齊賢

高齊賢，字見思，於汪精衛南京國民政府內任外交部簡任中文秘書，1945 年與褚民誼、陳璧君等人一同被捕入獄，1948 年獲批假釋。高齊賢擅長音律，不但為蘇東坡〈水調歌頭〉譯譜，更與褚民誼共同出版〈崑曲集淨〉。

世亂真無象•湯湯洪水流•大患緣有我•
客氣動難收•隘險生媢嫉•詭詐盡陰幽•
矜傲如添虎•餘地不少留•率獸勢相食•
鬼泣神亦愁•秋夜長風雨•慘悽幾時休•
悲憫挽浩劫•痿痺良藥瘳•息競在勝私•
體物似同舟•立人本立己•聖賢夙所由•
踐履從隗始•蠻貊行不憂•原野何衍沃•
誠恆終有秋•臨歧片言贈•紙短心悠悠•

孟恆妹倩出獄，深喜出谷，但人心陷溺，世亂靡已，短詠奉贈，藉表拳拳。

戊子二月蟄叟汪宗準

汪宗準，字君直。汪精衛侄兒。汪精衛南京國民政府時，擔任廣東省財政廳長。1945 年在廣州與民政廳長周應湘、教育廳長陳良烈和建設廳長李蔭南一同被拘禁。

共君縲絏幾經秋•桎梏無非意快仇•
善惡由來少定論•今知勝者是王侯•
人生難忘是恩仇•倦鳥雖還不是休•
我有一言可記取•願君毋負少年頭•

孟恆老弟，英年俊乂，好學深思，有志之士也，握別贈言，書以貽之，末句襲用令岳句蓋有所勗也。

古高城潘毓桂

潘毓桂（1884–1961），字燕生，河北鹽山人，日本早稻田大學法科畢業。曾任津浦鐵路局副局長、冀察政委會政務處長，北平警察局長，日治時期任天津特別市市長，1946 年與江亢虎、汪時璟等人一起被移送南京審理，被判處無期徒刑，1948 年改判死刑，1961 年於獄中病逝。遺作有〈盧溝橋事變後北京治安紀要〉。據何孟恆註，汪精衛謀刺攝政王案兩供詞原文，即由昔年曾當清吏部官員的潘毓桂於 1943 年交還汪氏長子汪文嬰（孟晉）。

（鈐印：燕生）

何君孟恆雙照樓主人快婿也・
判禁兩秊・期滿出獄・口占贈行・

謝公小女最偏憐・傳粉何郎費聘錢・
歸去花朝黃月夕・補他二十四回圓・

中郎焦尾與傳薪・坦腹東床亦可人・
說與麻姑同破涕・眼中三見海揚塵・

戊子春分　虎橋羈次江亢虎題

江亢虎（1883–1954），江西弋陽人，曾出任清政府刑部主事及北洋編譯局總辦。1934 年 1 月曾因福建事變被軍事機關拘捕，其女兒請汪精衛救援。汪精衛南京國民政府建立後，出任國民政府委員及考試院副院長等職。1946 年以漢奸罪判處無期徒刑，1954 年病逝獄中，其曾著有《中國文化敘論》等書籍。

江亢虎作（鈐印：康瓠在系）

草長鶯飛節・龍蟠虎踞場・山河期竝壽・
日月看重光・海國輸琛賮・人家足稻粱・
豈知春夢短・贏得是淒涼・

孟恆先生　丁亥勝利節江亢虎草

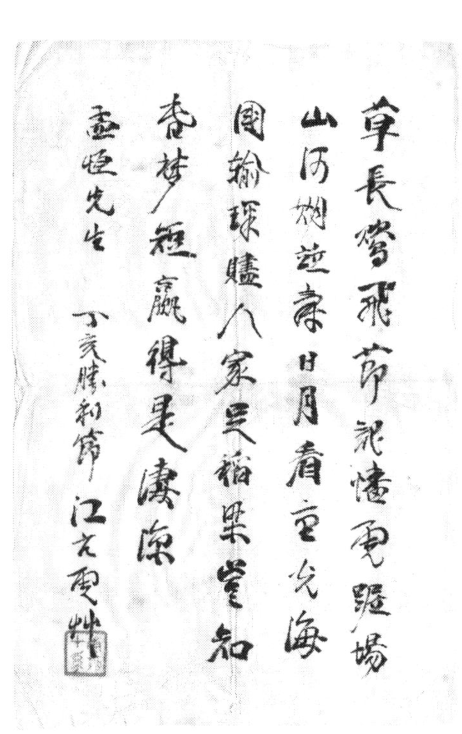

江亢虎作（鈐印：康瓠在系）

詳夫心佛衆生，三無差別，此無差別之心，
虛靈洞徹，清湛常恆，即寂即照，非有非空，
絕凡聖之名稱，無生滅之幻象，故情識莫測，

孟恆先生雅正　鄒泉蓀

鄒泉蓀（1902–1975），別號家積，山東福山人，曾任北平市商會主席等，汪精衛南京國民政府建立後，出任經濟委員會委員、華北政務委員會委員等職務。1945 年 12 月被捕，1947 年以漢奸罪被判處無期徒刑。1949 年從南京首都監獄移送至上海提籃橋監獄繼續服刑。1975 年於獄中病逝。

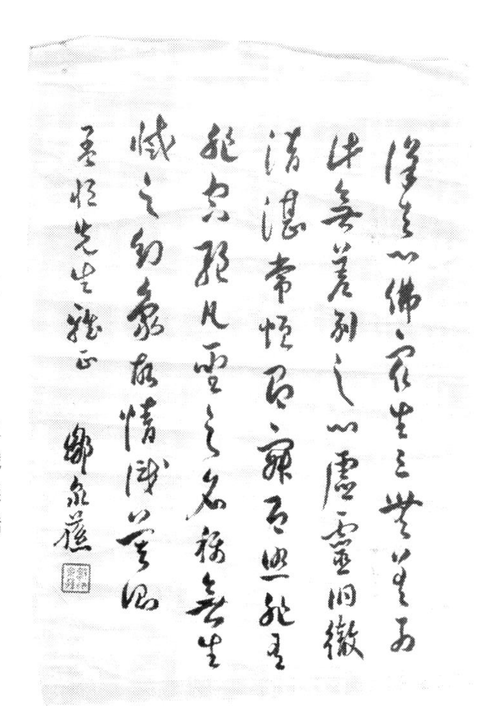

鄒泉蓀手書（鈐印：鄒泉蓀印）

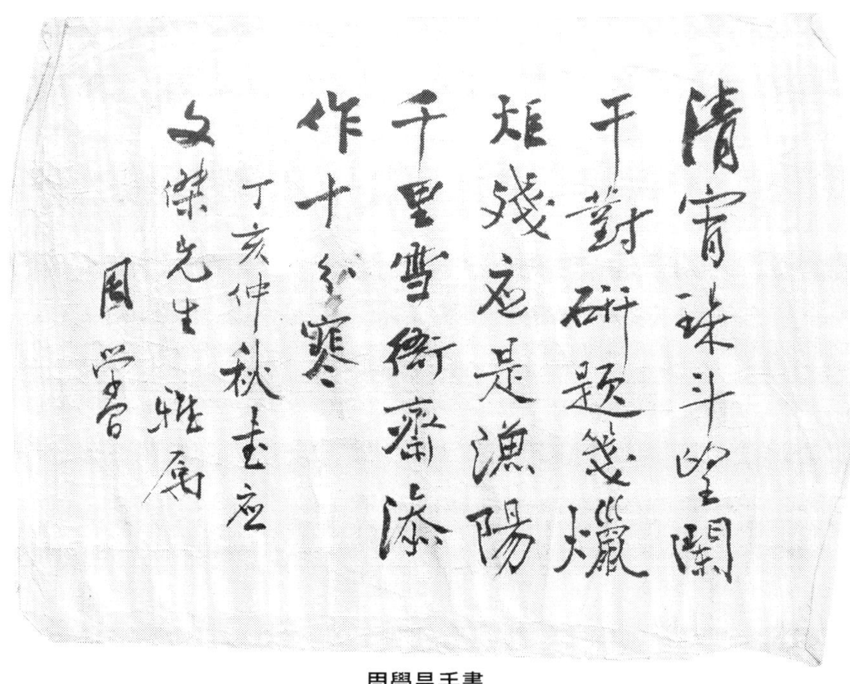

周學昌手書

清宵珠斗望闌干•對研題箋爛炬残•應是漁陽千里雪•衙齋添作十分寒•

丁亥仲秋書，應

文傑先生 雅屬

周學昌

周學昌（1897–1952），字芝侯，河北安新人，北京大學教育系畢業，曾任黃埔軍校政治教官、陝西省教育廳長等職務，汪精衛南京國民政府成立後，歷任立法院秘書長、中央黨務訓練團教育長、南京市長等公職，戰後被判處死刑，但未有執行，1952 年於獄中病逝。

周學昌、徐滌珊作

紅發東園梅•綠破西津柳•莫論眼前事•且酌花下酒•氷魚不計錢•
江橘嫩香手•風土致不惡•桑圃好為友•昨夜春又寒•不知山雨驟•
君家嶺南山•番禺在其右•豫州種菜蔬•蓮落收蒲藕•故鄉好歲月•
情景豈相負•每到春雁來•還憶虎牢否•

戊子初春
孟恆仁兄將行，囑書
因賦五占並題
退庵周學昌

離群惜別兩依依•春草天涯接翠微•楊柳綠隨行騎沒•桃花紅迓主人歸•
盟心大海鵬程遠•極目中原鹿正肥•我亦南冠漸三歲•遲君半月出圜扉•

孟恆兄先我脫困，賦此贈別
戊子仲春古淮徐滌珊

徐滌珊，曾任上海特別市政府宣傳委員會視察員、新聞檢查所主任、關務署代副署長，戰後被判有期徒刑五年六個月，褫奪公權六年。

汪時璟手書王安石〈桂枝香 · 登臨送目〉，蘇軾〈念奴嬌 · 赤壁懷古〉

登臨縱目・正故國晚秋・天氣初肅・千里澄江似練・翠峰如簇・征帆去棹殘陽裏・背西風・酒旗斜矗・綵舟雲淡・星河鷺起・圖畫難足・　念自昔・豪華競逐・歎門外樓頭・悲恨相續・千古憑高對此・漫嗟榮辱・六朝舊事隨流水・但寒煙衰草凝綠・至今商女・時時猶唱・後庭遺曲・

大江東去・浪淘盡・千古風流人物・故壘西邊・人道是・三國周郎赤壁・亂石崩雲・驚濤拍岸・捲起千堆雪・江山如畫・一時多少豪傑・　遙想公瑾當年・小喬初嫁了・雄姿英發・羽扇綸巾・談笑間・檣櫓灰飛煙滅・故國神遊・多情應笑［我］・早生華髮・人間如夢・一樽還酹江月・

孟恆先生雅屬　丁亥秋日汪時璟

汪時璟（1887–1952），字翊唐，安徽旌德人。早年留學日本陸軍經理學校。曾出任武漢市政委員會委員、中國銀行瀋陽分行經理。汪精衛南京國民政府建立後，出任華北政務委員會常務委員兼財務總署督辦。1945 年被國民政府在北平以漢奸罪逮捕，收監於南京，1946 年被判處無期徒刑，1952 年在獄中病逝。

高齊賢作

〈高陽臺〉 依韻和文傑竝柬孟晉

蓬鬢棲霜・秋心點霧・沉沉長日如眠・
猿鶴沙蟲・抵來處處烽烟・
山圍故國空遺恨・賸征鴻・零落天邊・
儘羈人・井底潛波・也蹙輕漣・

花疇珍重芳菲意・看一枝高掇・拂拭華年・
幽谷精禽・可堪春夢悽然・
寒颸便訴催花老・莽丹楓・一抹遼天・
數江山・餘子風流・笑倒尊前・

凌騏、郭秀峰作

今日聞君出網羅•未曾送別贈君歌•三年羑里傷同繫•此去襟懷又若何•

孟恆我兄 雅正　凌騏

凌騏，歷任南京國民政府縣政府秘書、法院推事、首都警察總監署上校秘書及司法科長職。

憂患多惕惕•君處獨泰然•窮通已不問•屈伸豈情牽•陋巷常樂道•昔日有顏淵•坦坦君子德•士窮志彌堅•聖賢信可希•所貴着先鞭•風而本同舟•咫尺若天邊•離別在須臾•愧我無瓊筵•聊賦此一章•願與共勉旃•

孟恆吾兄雅正　郭秀峰

郭秀峰，曾任汪精衛南京國民政府宣傳部宣傳指導司司長、東亞新聞記者大會委員會委員、國民政府宣傳部次長、中央電訊社社長，戰後被判處無期徒刑，褫奪公權終身。

潘毓桂手書《隨園詩話》補遺節錄

思元主人從軍行云・拔劍請長纓・從軍古北平・黃雲迷野戍・白雪澹荒城・旗捲龍蛇影・弓爭霹靂聲・燕然勒銘者・投筆本書生・詠桂月云・月裏亭亭花發時・天香不散任風吹・繁條細蕊無心折・欲折還須第一枝・觀瀑云・氣噴青嶂雨・涼瀉碧天秋・秋思云・草能蠲忿人宜佩・花到將殘蝶競扶・

丁亥重九

孟恆先生雅屬

燕生潘毓桂

其他作品

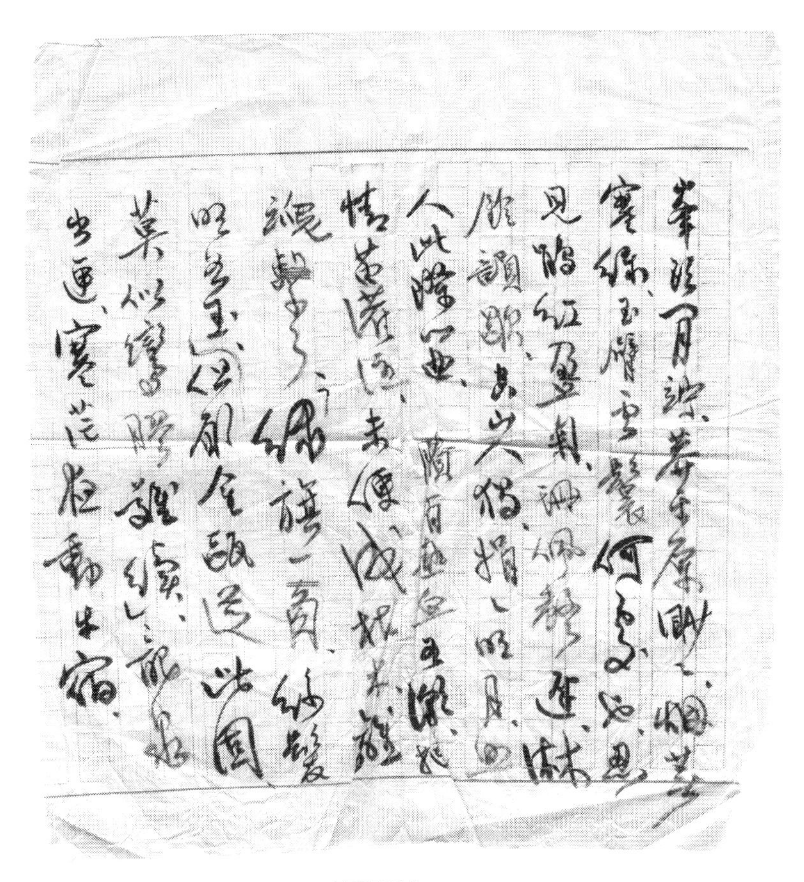

高齊賢作

峯頭閒竚・莽平原渺渺・烟蕪塞綠・玉臂雲鬟何處也・忍見鵑紅盈匊・珊佩聲遲・淋鈴韻歇・空山人獨・娟娟明月・照人此際心曲・

賸有熱血如潮・把情苗灌注・未便成枯木・離魂縶了・「繡旗一角・絲髮明如玉・但願金甌從此固・莫似鸞膠難續」・龍泉出匣・寒茫夜動牛宿・

〈喜遷鶯〉 丁亥中秋初移虎牢

風吹雲疊・便誤了中秋・一宵無月・
雁唳天淒・蛩吟砌澀・到耳盡成嗚咽・
爆竹數聲斷續・燈火幾家明滅・更孤另・
有羈魂夜嘆 ・可憐佳節・

腸熱・看老子肝膽輪囷・瀟洒頭如雪・
鞾鼓家山・艱難妻子・未使沈腰能折・
眼底是非誰識・夢裏馨香猶爇・把三字・
要從頭煎滌・慰幽人血・

高齊賢作

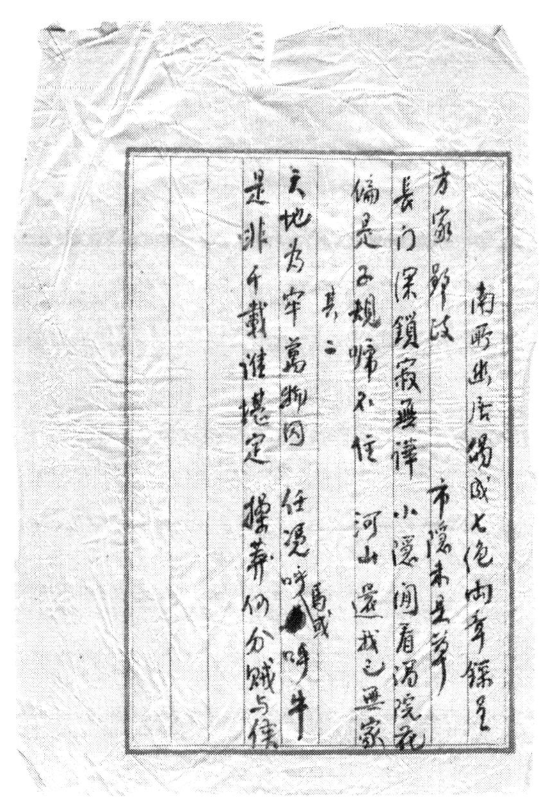

南所幽居偶成七絕兩章錄呈

方家郢政　　　市隱未是草

長門深鎖寂無譁•小隱閒看隔院花•
偏是子規啼不住•河山還我已無家•

其二

天地為牢萬物囚•任憑呼馬或呼牛•
是非千載誰堪定•操莽何分賊與侯•

市隱作

湖海飄零年復年•半生事業等雲煙•
每驚淪落馮唐老•幾見羈囚鮑叔憐•
世路艱危蹶應起•風濤險阻退仍前•
乾元示象天行健•竚看春陽返柳邊•

李公鐸

李公鐸，曾任汪精衛南京國民政府教育部督學、浙江教育廳視察、第二職業學校校長、大夏大學註冊主任，戰後被判處有期徒刑五年，褫奪公權五年，後經最高法院改處徒刑二年六月。

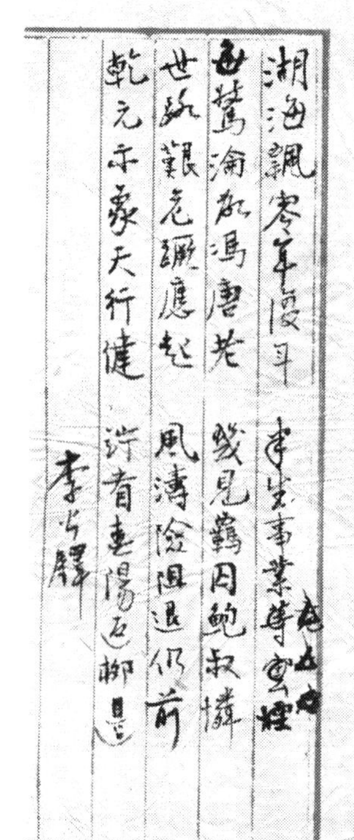

李公鐸作

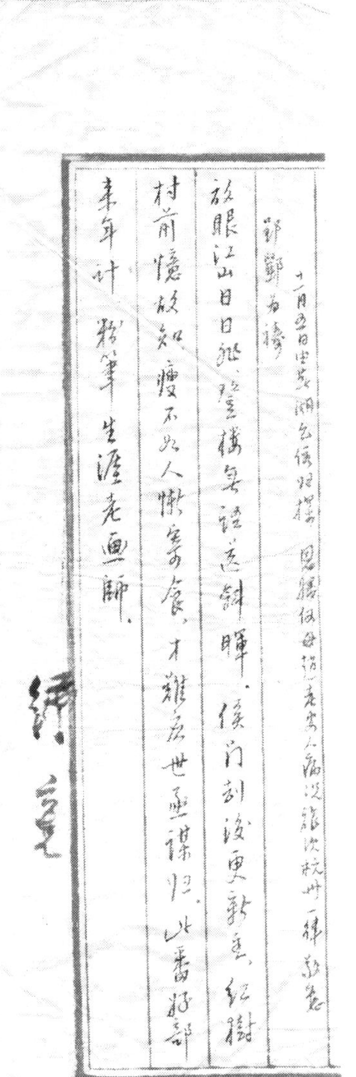
十一月五日由蕪湖乞假歸探 恩嬸何母趙老安人病況旅次杭州一律敬意
郢斲為禱
放眼江山日日非，登樓無語送斜暉，侯門刧後更新主，紅樹村前憶故知，瘦不如人慚寄食，才難應世亟謀歸，此番好部來年計，粉筆生涯老畫師。
繡寬

十一月五日由蕪湖乞假歸探　恩嬸何母趙老安人病況旅次杭州，一律敬意郢斲為禱

放眼江山日日非．登樓無語送斜暉．
侯門刧後更新主．紅樹村前憶故知．
瘦不如人慚寄食．才難應世亟謀歸．
此番好部來年計．粉筆生涯老畫師．

繡寬

〈大雪〉

漫空飛絮舞輕盈．銀海光搖玉宇清．
照眼真成天不夜．最高寒處最分明．

〈冬至〉

冬至空言夜最長．乍回短夢見晨光．
曉檐一片朦朧月．猶照離人憶故鄉．

強又及　聖誕節

陳國強，廣東新會人，陳璧君長兄陳繼祖之子，陳璧君侄兒，曾就讀於吳稚暉創辦的海外預備學校，與汪文嬰、汪文惺兩兄妹是同學，德國航空機械科畢業，歷任汪精衛南京國民政府廣東釐稅積弊委員會委員、軍委會航空署上校技正、粵綏署少將軍械處長兼第一修械所長。戰後被判處有期徒刑十年，褫奪公權十年，全部財產沒收。

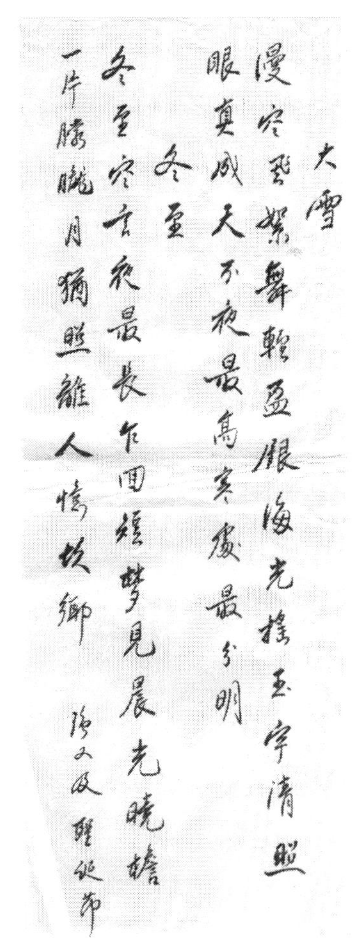
大雪
漫空飛絮舞輕盈，銀海光搖玉宇清，照眼真成天不夜，最高寒處最分明
冬至
冬至空言夜最長，乍回短夢見晨光，曉檐一片朦朧月，猶照離人憶故鄉
強又及 聖誕節

陳國強作

陳國強作

〈大雪〉 十二月十六日

疑霜疑月夜光微•如水冰颸上客衣•擁被已聞風力勁•打窗忽見雪團飛•
小詩有味茶同釅•老幹御寒蕊漸肥•喜是冬殘春意近•家家倚檻盼人歸•

素光皚皚映陳楹•三白繽紛老客情•一夜河山都改色•連朝雞犬靜無聲•
銀河倒影開仙闕•紫氣初未滿石城•莫怨命宮遭磨蠍•中原烽火未曾平•

〈曉霽〉 十二月廿日

天自回温夢自縈•曉雞初唱故鄉情•檐冰化水庭階響•喜見朝陽放曉晴•

今天是聖誕節，外邊熱鬧嗎？此處寂無所聞，和平時沒有什麼分別，
謹以至誠敬祝你和冰冰聖誕快樂！　　　　強 十二月廿五日聖誕節

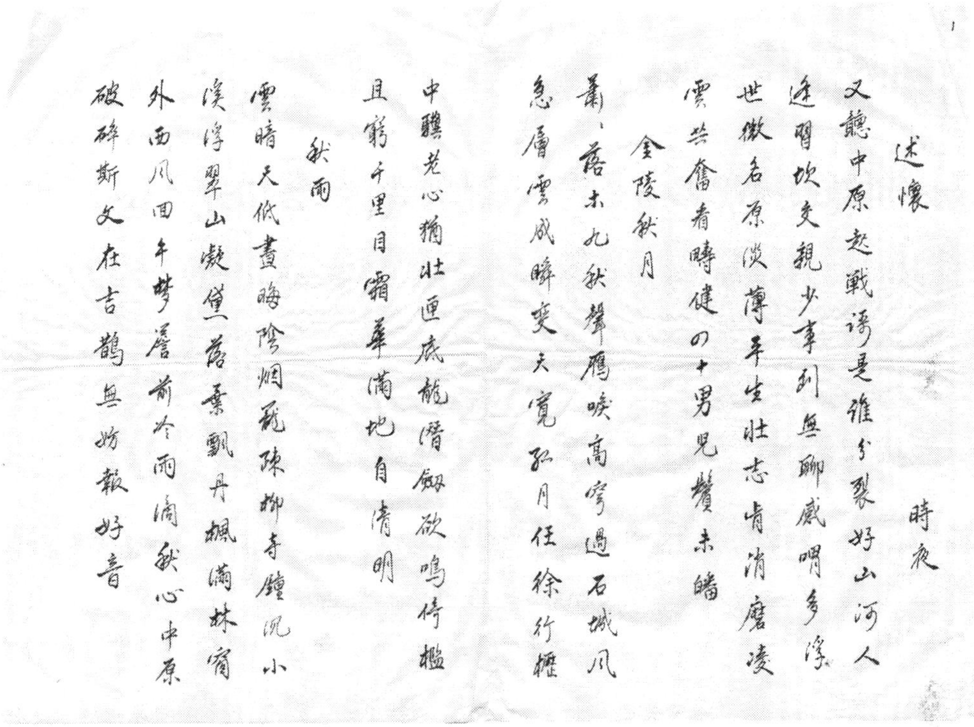

1

述懷　時夜

又聽中原起戰語是誰分裂好山河人
逢習坎交親少事列無聊感喟多浮
世微名原淡薄平生壯志肯消磨凌
雲共奮看疇健四十男兒鬢未皤

金陵秋月

蕭蕭落木九秋聲雁唳高穹過石城風
急層雲成瞬變天寬孤月任徐行櫪
中驥老心猶壯匣底龍潛劍欲鳴倚檻
且窮千里目霜華滿地自清明

秋雨

雲暗天低晝晦陰烟籠疎柳寺鐘沉小
溪浮翠山凝黛落葉飄丹楓滿林窗
外西風回午夢簷前冷雨滴秋心中原
破碎斯文在吉鵲無妨報好音

陳國強作

〈述懷〉　　　　　時夜

又聽中原起戰語•是誰分裂好山河•人逢習坎交親少•事列無聊感喟多•
浮世微名原淡薄•平生壯志肯消磨•凌雲共奮看疇健•四十男兒鬢未皤•

〈金陵秋月〉

蕭蕭落木九秋聲•鴈唳高穹過石城•風急層雲成瞬變•天寬孤月任徐行•
櫪中驥老心猶壯•匣底龍潛劍欲鳴•倚檻且窮千里目•霜華滿地自清明•

〈秋雨〉

雲暗天低晝晦陰•烟籠疎柳寺鐘沉•小溪浮翠山凝黛•落葉飄丹楓滿林•
窗外西風回午夢•簷前冷雨滴秋心•中原破碎斯文在•吉鵲無妨報好音•

陳國強作

〈秋暮〉

西風又滿石頭城•羈客蕭然百事輕•寢饋詩書饒逸趣•抛荒塵世舊浮名•
運鴻影隔鄉思遠•鄰杵聲殘暮靄橫•想到家人腸欲斷•一腔離緒向誰傾•

〈秋夜〉

兩載羈棲鬢欲霜•年華人事兩茫茫•破衾新補知寒重•孤夢初回感夜長•
忍聽吟蛩鳴檻砌•可堪飛鴈返瀟湘•南冠竟夕多愁思•烽火天涯舊草堂•

〈聞蟬有感〉

重門獨坐聽蟬吟•惹動思家萬里心•牆外笳聲悲日落•庭前柳色怯秋侵•
孤燈照影愁難禁•青鳥傳書夢易尋•聞道關山猶浩刧•幾回握管淚霑襟•

陳國強作

〈金陵初秋〉

西風容易動離愁·况復經年作楚囚·梧葉凋傷人去後·井欄零落雨初收·
紫金山擁雙峯健·玄武湖涵一鏡秋·人事滄桑駒過隙·石城依舊枕江流·

〈丁亥中秋〉

澹雲清月九霄寒·小立窗前掉臂看·千里誰同憐素影·兩年吾自困南冠·
可堪獄已成三字·誤盡生平是一官·珠海今宵應更好·望窮碧落夜漫漫·

〈丁亥重九〉

三年羈縶過重陽·未折黃花已斷腸·暝日更添秋慘淡·小窗相對客淒涼·
傳來消息疑天醉·說到尖團憶酒香·避地欲從高處望·紫金楓被一林霜·

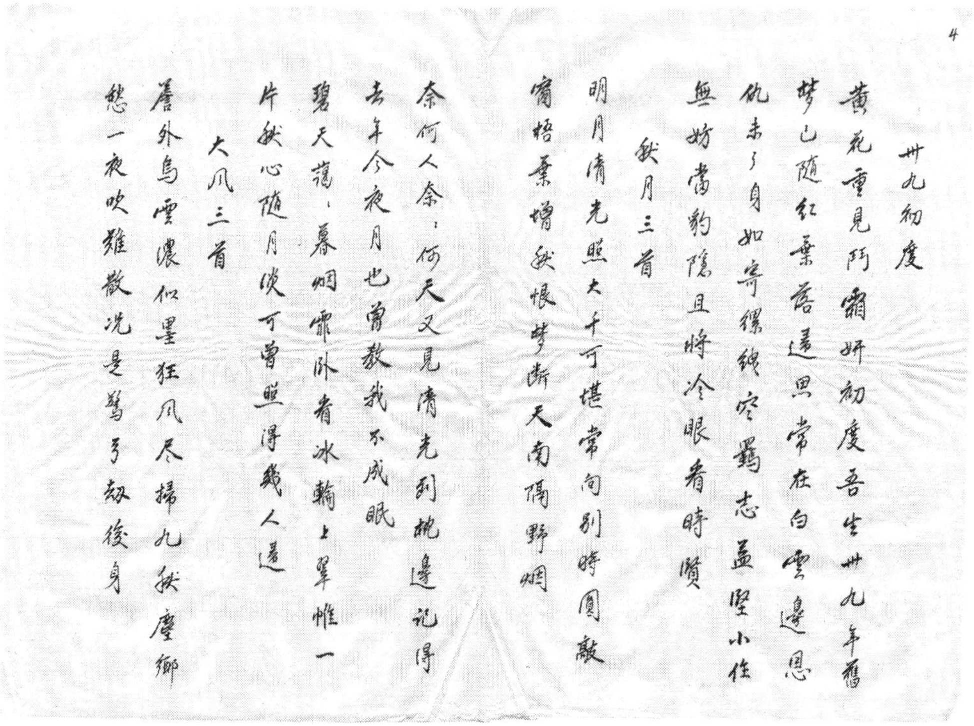

陳國強作

〈卅九初度〉

黃花重見鬥霜妍•初度吾生卅九年•舊夢已隨紅葉落•歸思常在白雲邊•
恩仇未了身如寄•縲絏空羈志蓋堅•小住無妨當豹隱•且將冷眼看時賢•

〈秋月三首〉

明月清光照大千•可堪常向別時圓•敲窗梧葉增秋恨•夢斷天南隔野烟•

奈何人奈奈何天•又見清光到枕邊•記得去年今夜月•也曾教我不成眠•

碧天藹藹暮烟霏•卧看冰輪上翠帷•一片秋心隨月淡•可曾照得幾人逷•

〈大風三首〉

簷外烏雲濃似墨•狂風盡掃九秋塵•鄉愁一夜吹難散•况是驚弓刼後身•

撼岳搖天一夜風•星河斂影隔烟濛•寒燈吐焰明還滅•疑是扁舟駭浪中•

沙石敲窗澈夜鳴•江頭茅捲客心驚•更憐多少枝頭鳥•避了風聲又雨聲•

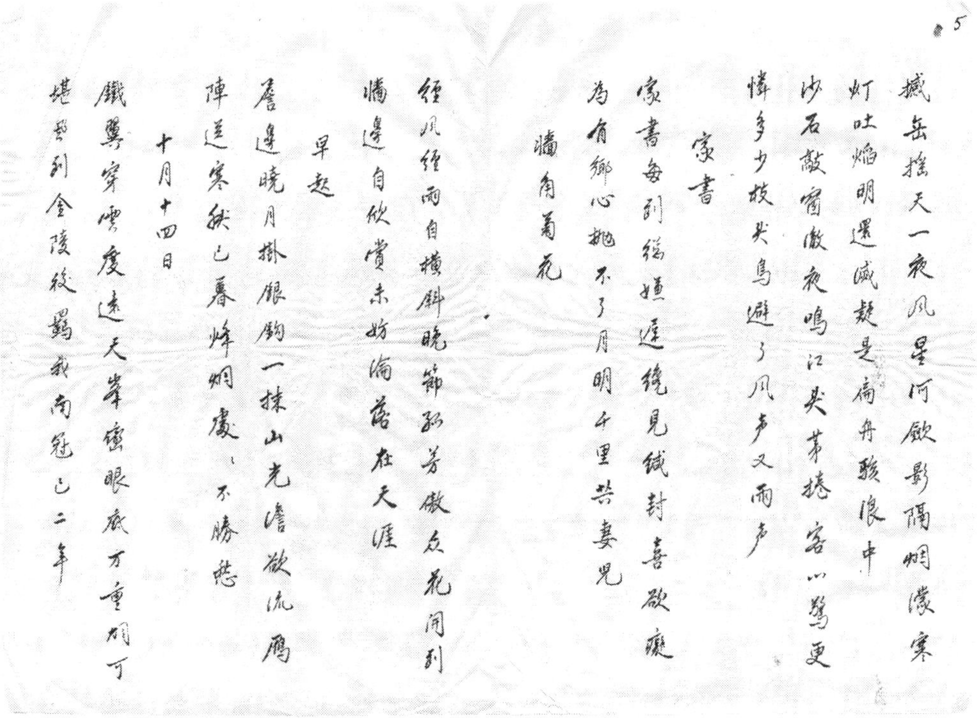
5

撼岳搖天一夜風星河欲影隔烟濛寒
灯吐焰明還滅疑是扁舟駭浪中
沙石敲窗徹夜鳴江聲葉捲客心驚更
憐多少棲枝鳥避了風聲又雨聲

家書

家書每到總嫌遲纔見緘封喜欲癡
為有鄉心拋不了月明千里共妻兒

牆角菊花

經風經雨自橫斜晚節孤芳傲眾花開到
牆邊自欣賞未妨淪落在天涯

早起

簷邊曉月掛銀鈎一抹山光澹欲流鴈
陣送寒秋已暮烽烟處處不勝愁

十月十四日

鐵翼穿雲度遠天峯巒眼底万重烟可
堪飛到金陵後羈我南冠已二年

陳國強作

〈家書〉

家書每到總嫌遲•纔見緘封喜欲癡•為有鄉心拋不了•月明千里共妻兒•

〈牆角菊花〉

經風經雨自橫斜•晚節孤芳傲眾花•開到牆邊自欣賞•未妨淪落在天涯•

〈早起〉

簷邊曉月掛銀鈎•一抹山光澹欲流•鴈陣送寒秋已暮•烽烟處處不勝愁•

〈十月十四日〉

鐵翼穿雲度遠天•峯巒眼底萬重烟•可堪飛到金陵後•羈我南冠已二年•

張劍青作

〈步陳維誠君除夕感懷原韻〉　張劍青

風塵淪墮幾經年‧浮世功名鏡裏烟‧韓愈久為朝士惜‧司勳空受美人憐‧春回曉夢初醒後‧臘盡晨鐘未動前‧幾度詩狂君莫笑‧句從天外落吟邊‧

〈步劉光裕君除夕感懷原韻〉　張劍青

暮靄微茫掩夕曦‧家家樓閣上燈時‧一樽歲酒誰同醉‧十幅吟箋手自披‧且喜故人多不賤‧共談往事各含悲‧阮生侘傺馮唐老‧愁鬢如霜祇鏡知‧

〈步吳載揚君除夕感懷原韻〉　張劍青

破碎輿圖眼底橫‧思量無日不心驚‧年來捫蝨羞王猛獄中多蝨‧夢裏聞雞憶祖生‧否極便應遭鬼侮‧歸時仍許續鷗盟‧消愁幸有屠蘇酒‧一醉何妨直到明‧

張劍青，即張孝琳。

〈未完成的致蔣書〉

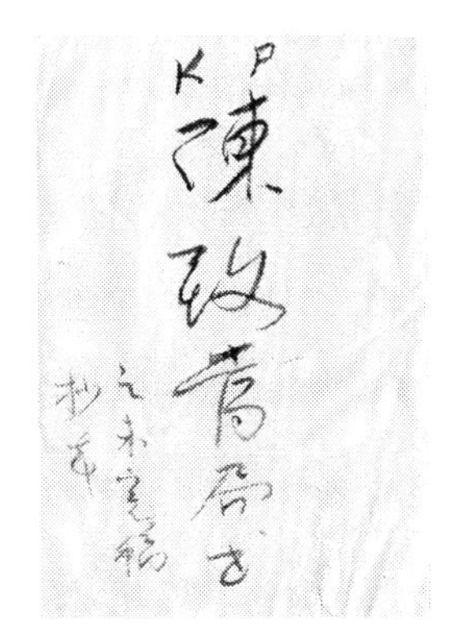

陳璧君於信封上題字

此為陳公博於蘇州監獄致蔣介石一信的抄本。全文曾刊於陳公博回憶錄《苦笑錄》，據其書云，原件藏於台灣司法行政部檔案。另一抄本由陳公博後人於2003年捐贈予美國哥倫比亞大學。

陳公博（1892-1946），廣東人。少年時同其父參與革命活動。北京大學哲學系畢業後赴美留學，回國擔任廣東省農工廳長兼軍事委員會政治部主任，開始與汪精衛熟稔。曾為「改組派」旗手之一，反對蔣介石。雖然反對汪氏另組政府，仍以「祇求心所安，不計身之毀」的態度來支持汪精衛，擔任汪在南京成立的國民政府官職。汪去世後任行政院長兼國民政府主席。1946年因漢奸罪被判槍決。行刑之前，陳公博給蔣介石寫了這封信，全文謄錄如下：

蔣先生鈞鑒：

我這封信到達先生之前，我已經死了，我在死前，決不給先生這封信，因為我是一個待決之囚，不好妄談時政，而且恐怕別人批評我藉妄異寬宥赦，等於搖尾乞憐。我自命是一個男子漢，生死等閒視之。先生能夠原諒我與否？這是先生自己的事， 我不願在死之前，作這種無聊的事。

我雖然死，我決不對先生有什麼怨詞。先生置我於死，自然有許多理由，或者因為我以前隨汪先生反過先生，或者因為參加南京的組織，或者因為國際的關係，或者因為國內政治的關係，甚至或者因為恐怕我將來對於國內統一是一個障礙。凡此理由，都可以使我死。而以上幾種理由，我都願意接受。我這幾年來及於我的主張而來南京，無非希望對汪先生有所補救，更對國家有所補救。一方面希望無負於國，一方面希望無負於黨，更希望無負於先生，同時也希望無負於汪先生。這種處境我是很困難的，而這種用心也是很悲苦的。我說這些話，我不是還希望先生原諒，現在就是先生原諒，也來不及了。不過我在民國二十一年曾對汪夫人說過：「我從今以後不再反蔣。」這句說話，我對自己要負責任的，這是表示我自己的責任，和回應我死而無怨一句話。

我的自白書內無句不是事實，我在政治上從來沒有說過一句誑語，先生看過之後，就可以知道我的心跡。現在事已過去，也不必談。我心內所懸懸放不下的還是一個共產黨問題，因為這個問題，關係到國家前途，關係到黨的前途，更關係到先生的前途。我雖然死，不得不盡量和先生說，或者死之言可以使先生動聽，也未可知。

現在世界上的反共陣營一個個在那裏崩潰，德國是覆亡了，意大利是削弱了，日本也投降了。希特勒他們的覆亡是有理由的，我看他們的失敗，不失敗於反共，

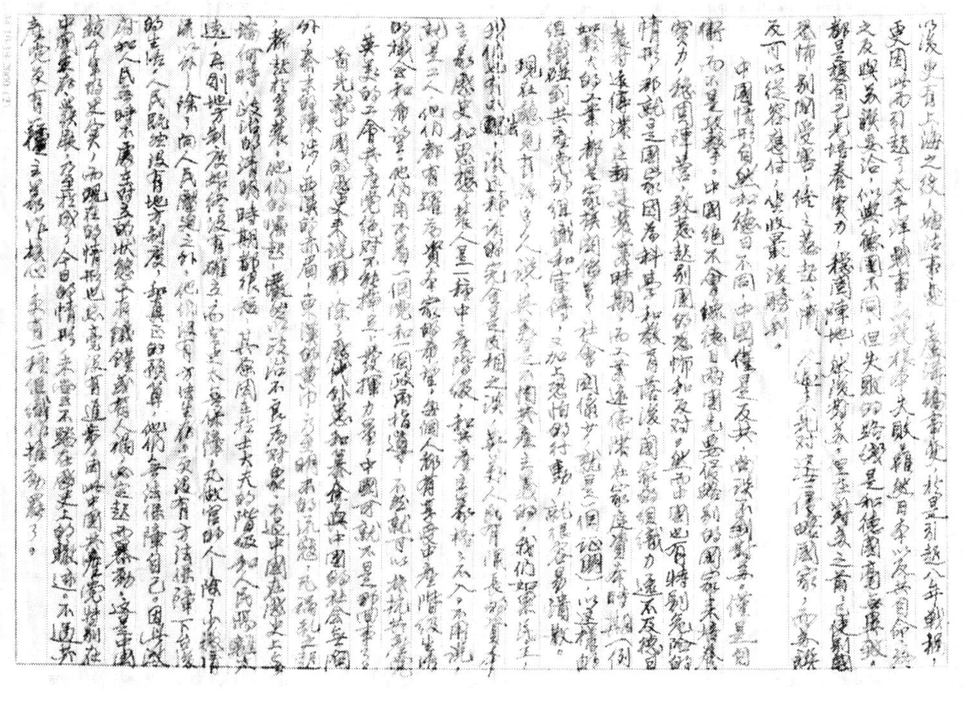

而失敗於方法。舉希特勒為例罷，他的目的是在蘇聯，因為對付蘇聯恐怕力量不夠，於是先行在國內樹威，繼而吞併奧大利、捷克、波蘭，企圖養精蓄銳，一舉而摧共產黨的壁壘。然而因為這樣，惹起英法的恐怖，反而與蘇聯聯合了，致有今日德國的覆亡。日本也不能例外，因懼怕蘇聯而侵略東北，因侵略東北而惹起中國的恐怖。以後更有上海之役、塘沽事變、盧溝橋事變，於是引起八年戰禍，更因此而引起了太平洋戰爭，以致根本失敗。雖然日本以反共自命，終之反與蘇聯妥洽，似與德國不同，但失敗的路線是和德國毫無異致，都是想自己先培養實力，穩固陣地，然後對蘇。但在對蘇之前，已使別國恐怖，別國受害，終之惹起公憤，反過來先對這些侵略國家，而蘇聯反可以從容應付，坐收最後勝利。

中國情形自然和德日不同，中國僅是反共，尚談不到對蘇，僅是自衛，而不是攻擊。中國絕不會像德日兩國先要侵略別的國家來培養實力，穩固陣營，致惹起別國的恐怖和反對，然而中國也有特別危險的情形，那就是國家因為科學和教育落後，國家的組織力還不及德日，農村還停滯在封建農業時期，而工業還停滯在家庭資本時期，（例如較大的工業，都是家族關係多，社會關係少，就是一個證明。）以這樣的組織碰到共產黨的組織和宣傳，又加上恐怕的行動，就很容易潰散。

現在聽見有許多人說，英美是不怕共產主義的，我們如果民主，我們也有辦法。談這種話的完全是皮相之談，英美人民有深長的資本主義歷史和思想，農人是一種中產階級，和共產主義格格不入。不用說，就是工人，他們都有躍為資本家的希望，每個人都有享受中產階級生活的機會和希望。他們用不着一個黨和一個政府的指導，不然就可以抵抗共產黨，英美的工會共產黨絕對不能插足，發揮力量，中國可就不是那回事了。

首先就中國的歷史說罷，除了歷代外患和篡奪與中國的社會無關外，秦末的陳涉，西漢的赤眉，東漢的黃巾，乃至明末的流寇，凡禍亂之起，都起於貧農。他們的崛起，儼然政治不良為對象。不過中國在歷史上無論何時，政治的清明時期都很短，其原因在於士大夫的階級和人民隔離太遠，再則地方制度始終沒有確立而官吏太無保障，凡做官的人—除了少數清流以外—除了向人民壓迫之外，他們沒有方法生存，更沒有方法保障下台後的生活。人民既然沒有地方制度，和真正的預算，他們無法保障自己。因此政府和人民無時不處在對立的狀態，一有饑饉或有人禍，必定起而暴動。這是中國數千年的史實，而現在的情形也絲毫沒有進步，因此中國共產黨特別在中國生存、發展，乃至於成了今日的情形，未嘗不踏在歷史上的轍跡。不過共產黨更有一種主義作核心，更有一種組織作推動罷了。（完）

詩詞集

周作人　老虎橋襍詩

周作人（1885-1967），號知堂，浙江紹興人，魯迅之弟，中國近代著名散文家、文學評論家、新文化運動代表人物之一。1940年出任汪精衛南京政府華北教育總署督辦，中日戰爭後被捕，並判處有期徒刑十四年，後改判十年，關押於南京老虎橋監獄，獄中作《老虎橋襍詩》，何孟恆於回憶錄《雲煙散憶》[1]謂周氏此作「雖然在老虎橋，卻純然是歷史風土人情的紀述，於此可以窺見他廣闊的胸襟和獨特的性格。」周作人於獄中親自楷錄一本給汪精衛親信何炳賢，何孟恆後來從何氏處複影一本，並附何炳賢為此事親撰之跋文：

知堂先生為我國學術宗師，道德文章舉世共仰，往昔嘗拜讀其所著各散文，不僅見解高超，引證淵博，且貫達奏微，發人深省。敬佩之餘，以無緣識荊為憾！

年來同縶金陵，時得親承教益，開我茅塞，惠我容易。上月偶蒙示以近作古體詩「修禊」一章，含意深遠，讀之再四，仰之彌高。復知先生南來後，正成詩百有餘首，但不肯示人，經堅請始蒙賜閱，清心靜覽，如入寶山。詩本寄懷，故貴真摯，在先生詩中，即使出於幽默，亦無處不充分顯露其至情，造詣之深，絕非一般尋章摘句之作所可比擬。

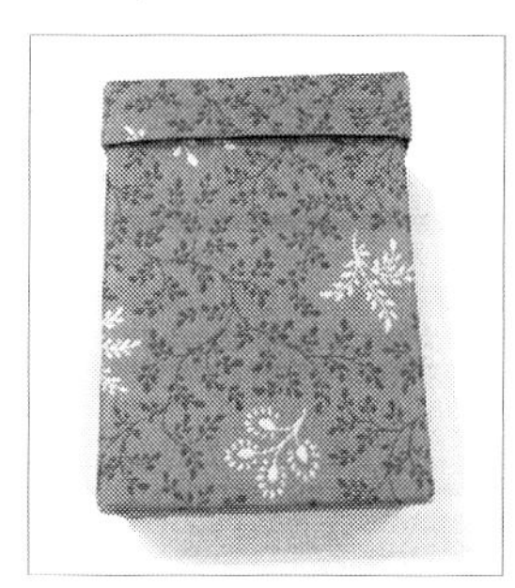

先生著作甚多，即在國內僻地，得之亦屬易事。惟本詩集先生尚無付梓之意，余因嘗讀，不忍釋手，本擬抄存以資留念，但竊思如能商請先生賜抄一本，豈非更足珍貴。乃不揣冒昧，向先生為不情之請求，深幸不棄愚蒙，慨然允諾，余因感激而喜出望外，然先生誨人不倦之精神，於此可見一斑矣。

在先生允為抄賜時，余曾陳明乞以暇晷為之，不必急急，蓋恐有誤先生

[1] 周作人曾作兩首詩作贈何孟恆出獄，詳細內容見《何孟恆雲煙散憶》增訂本第十八章〈樊籠〉。

之寶貴時間也。乃日來時見先生抄之不輟，初以為先生之素性言必信、行必果之表現矣。不意於本日清晨，余猶擁被戀眠時，先生持所抄詩集到寢室畀余，既動長者，復態晏起，正感愧交集，即發見封面有一小紅箋，書上「壽比南山」四字，始悟先生日來趕抄之來由，頻年混詔，早已忘歲。先生何以知今日為余生日，實感奧妙！豈先生果真是柯南道爾筆下之福爾摩斯乎？長者用心，更使我鏤版銘心而不感或忘也。

本詩集為先生不朽之作，不論願意付梓與否，勢必流傳，但輾轉之間難免訛誤，本冊為先生之手抄本，願以此為考據家之定本焉。

卅六年十二月三日即丁亥十月廿一日 炳賢拜跋

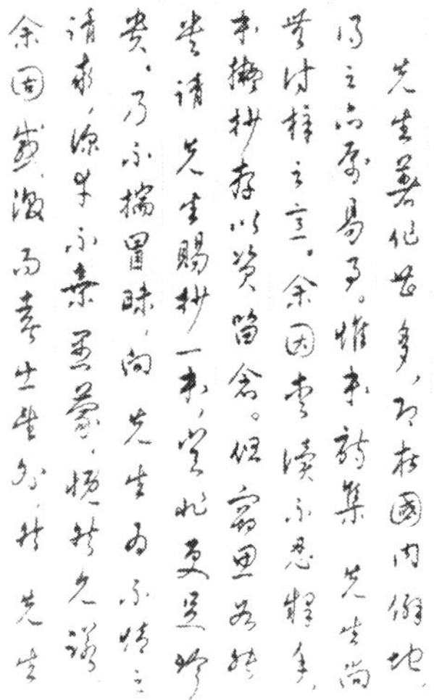

003

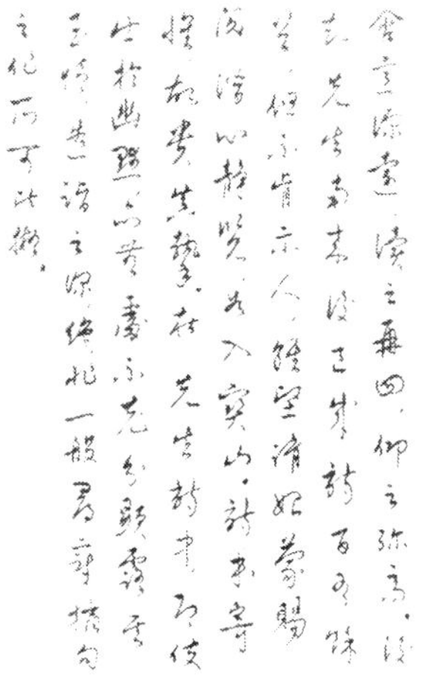

002

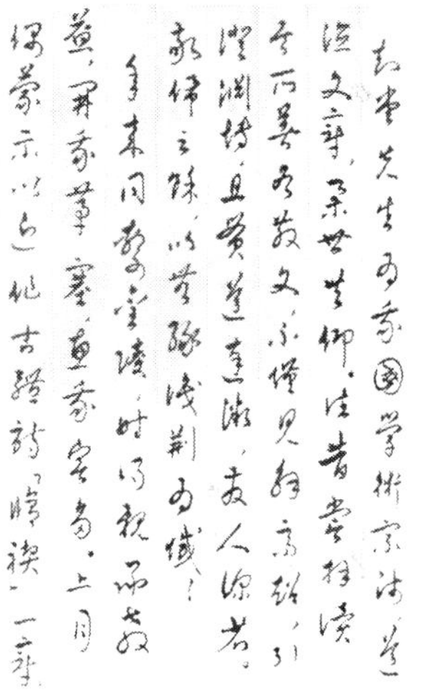

001

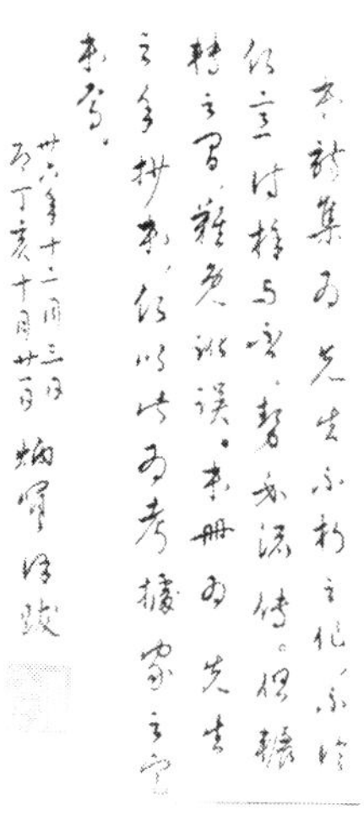

006

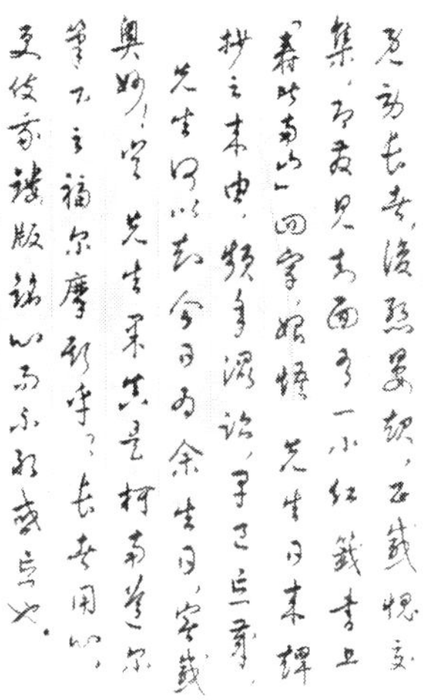

005

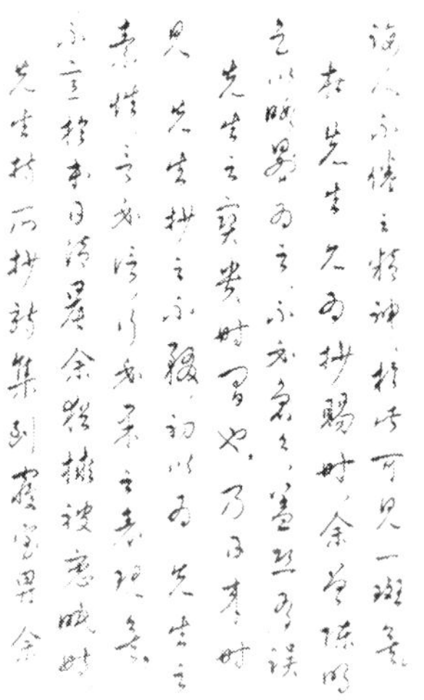

004

老虎橋雜詩
戊子初夏
知堂

老虎橋襍詩目次

001

忠舍襍詩

紀夢詩　一夕夢中誦詩二句云白日昭昭兮寖已馳与予期乎芦之碕予讀詩苦不記憶不知何以忽誦此詩碕字亦不識而夢中記之甚眞越數日舊學生章瑞珍女士送古唐詩合解來見於卷六中係江邊丈人對伍員所歌唯乎字作兮餘悉不誤訂以記之

三十五年六月十九日在南京作

002

白日昭昭寖已馳蘆中窮士欲何之吹簫乞食尋常事

記取吳師入楚時

又一夕夢誦句云世路彎悠悠楊朱所以止記是陶

公語借韋有徵君陶集視之在飲酒二十首中唯彎

字作鄺為異耳

儒冠一著誤生平多謝楊生示儆懷若使逃儒還入墨

此中歧路本分明

夢中誦詩又有不見李生久江湖知隱淪二句首句

003

是杜甫贈李白詩但次句不相連接當亦是杜句一
時未及考也八月四日

李生大隱在朝市醇酒美人寄所思醉夢不忘金甌殘
如霜白足想當時

騎驢

倉促騎驢出北平新潮餘響久消沈憑君篋載登萊腊
西上巴山作義民 南宋筆记載有登萊義民浮海至臨安時山東大饑人相食行旅者持人肉腊為糧抵臨安時尚有剩餘云

004

渡江

羼提未足檀施薄日暮途遠劇可哀誓願不隨形壽盡
但憑一葦渡江來
東望漸江白日斜故園雖好已無家貪痴滅盡餘瞋在
爰卻黃牛入若耶

偶作

入獄二百日即事多所欣同居恆乞食高談不避人憂
患互相恤盜賊漸可親昨日豈為非前路認已真拘幽

增自力悲憫即雄心学道未有成立願在今晨

夏日懷舊　丙戌五月來南京居於老虎橋或以炎熱為憂戲述昔日学堂生活作諧詩以解之計其時日蓋前後相去已四十五年矣六月廿二日夏至節

昔日南京住匆匆過五年炎威雖可畏風趣卻堪懽喜得空庭寂鷄鳴永日閑舉杯傾白酒買肉費青錢記日無餘事翻書盡一編夕涼坐廊下夜雨溺门前板榻不覺熱油鐙空自煎時逢擊柝叟隔牖問安眠

006

瓜洲

倚门聽说瓜洲话 话到孤寒意轉親 偏爱小名有真意

本来萁豆是同根 潘同根年二十歲父係舟人六歲丧其母以為窃盗携物判處徒刑三月在所中任挑水送飯之役頗得人情及期滿釋去余贈以摺扇書前詩併繫以跋云潘同根君在老虎橋服勞辛動親切甚得同人愛憐歷時二月餘今将釋去獄中無以為贈偶作一絕為書扇上聊作記念云尔丙戌舊中元節後一日

知堂老人

灌雲

灌雲豪傑今何在 留与詩人伴寂寥 莫话潯陽江口事

007

黑洋橋畔雨瀟瀟 潘同根之同伴有宋思江者曾与江亢虎氏同室不日將釋出戲作此詩

潘宋同住下関

黑洋橋地方

數典詩　炎夏無事戲以吾家故實作詩得六首興盡而止雖尚有好資料惜都不及作也七月二日

文王聖德足堪誇　獄裡著書度歲華　百日幽囚容易過　易經一部屬周家

東征功業安家國　夜禱精誠動鬼神　再讀東山零雨句　始知公旦是詩人

008

世间艷说除三害殺虎屠蛟事有無豪侠喜能兼儒雅
一编風土見傳書

會稽文風世称美吾家诗句卻稀微偶然檢得唐人語
门静花闲色照衣 门静云云周朴桐柏観七律中句也

清逸先生百世師通書讀過愧無知年来翻徧濂溪集
祇記篷窗夜雨诗

洪道橋頭百姓家逸翁遺教是桑麻閑门不管周朝事
歎與何因学畫蛇 吾家始遷祖居越城洪道橋名已逸家譜中称之曰逸翁公時在明正德

年間以前悉不可考周氏例稱出於周公吾家則存疑
雖郡望亦稱汝南但以逵無公為第一世至不佞終十
四世也

感逝詩

纔過中秋三兩日東園風景太蕭條墻陰草色渾如舊
無復閒人話六朝（梅止無轉於南朝史事）
當世不聞哀庾信今朝又報殺陳琳後園慟哭悲凉甚
領取偷兒一片心（林石泉同室有外役余九信聞石泉死耗在園中大哭余年十九歲以竊盜判徒刑三月）
十月十四日作

010

卅年不見之江水嗚咽潮声似昔時千古孤臣酬一飲
傷心豈獨有鴟夷傅薄隱以舊曆五月初一日去世
英雄一死尋常耳今月終凶事或誣羸得眾生齊拊掌
越十六日丙丁默邨李在小暑前三
投身應悔飼耶呼日也耶呼者人形之劣等動物見於
斯威夫忒之格里佛游記中
三十六年七月六日

011

往昔三十首

往昔六首

往昔讀論語吾愛長沮生接輿何多事荷蕢亦有心丈人供鷄黍從尔指識評唯有耦耕者不知所问津揮手不復顧妙在無人情嚮往不能至如婆秋月明冷氣徹人骨凄光自難名　其一長沮桀溺

往昔讀佛書吾愛覚有情菩薩有六度忍辱良足欽布

012

施立弘願願重身命輕投身飼餓虎事奇情更真平生
再三讀感激發涕零嚮往不能至留作座右銘安得傳
鐙火供此一卷經 其二菩提薩埵

往昔讀國語吾愛范大夫忍恥逾十載遂尔破強吳一
言卻使者親自執鼓桴吳使與越師相隨入姑蘇醜然
吳人面本是蛙黽徒但知報仇恨情理非所喻讀此一
節語毛戴亦氣舒嚮往不能至徒縣作楷模人生得到
此不妨終隱道陋哉後世人虛傳游五湖 其三范蠡

往昔讀論衡，吾愛王仲任，讀書疾虛妄，無愧讀書人。漢儒漸不競，胥吏起叔孫，終至談讖緯，乃與道士鄰。王君不信數，雷虛鬼非真，著書數十篇，娓娓恥誠較。有黃氏釋遺文，差可明（黃氏今人，名暉，著有論衡校釋），嚮往不能至，礼讀誦姓名，明湮有李俞（謂李卓吾、俞理初），學海之三燈，唯此星星火，照破千古冥。其四 王充

往昔讀古文，吾愛王陽明瘞旅文（一作瘞旅。文見古文觀止諸選本中），不虛詭揚行，吾與爾猶彼，此語動人心，非墨亦非釋儒

014

家自有真傳弃说良知学術为一新未審嘆莖瓜味道
殊難名素不喜閩洛跳脫良所欣擒濠雖小事亦足徵
迂生道義兼事功百世有成人嚮往不能至祠下徒遙
巡

其五 王守仁

往昔讀文鈔吾愛王謔庵（王季重文鈔小品五卷清刻今尚存原本文鈔有五十卷）
姚江一雷震文苑起聾喑溫凌實濫觴徐雞自公安
由熟而返生繼之以鍾譚山陰集大成筆舌翻波瀾略
近論風神頗似蘇子瞻嬉笑兼怪僻餘人未易諳或解

唉橄欖滋味自醇々嚮往不能至攀援聊自寬後有張

宗子越風良可觀 其六 王思任

往昔讀六首

往昔讀世說吾愛王右軍一幅蘭亭敘今古稱至文徘

徊顧景光故是東晉人亦有用世志終乃甘隱淪愛鵝

訪道士婦稱知其名戲書六角扇老嫗感復欣遂匿縣

婆衛幸得免紛綸捨宅為僧房戒珠標寺门至今蕺山

下儼与学校鄰鄉里多勝蹟首最推此君 其一 王羲之

016

往昔讀說部吾愛段柯古名列三十六姓氏略能數不
愛餘詩文但知有雜俎最喜諾皋記亦讀肉攫部金經
出鳩異黥夢玆分組旁㐌得金錐灰娘失玉履童話与
民譚紀錄此鼻祖抱此一函書乃忘讀書苦引人入勝
地功力比水滸深入而不出遂与蠹魚伍　其二 段成式

往昔論鄉賢吾愛陸放翁著作等本身文苑稱豪雄名
与香山埒詩派一大宗家家畫圖扇聲名滿域中奈何
釵頭鳳好事乃不終春波雖常綠不復照驚鴻水鄉鳴

017

姑惡賦詩獨不同隱約不忍言言之有餘恫莊再過八十此恨終無窮劇憐稽山土猶惑沈園東 其三 陸游

往昔聽鄉談吾愛徐文長其人頗促狹作劇無報償市井競傳說終乃似流氓草袴買豆腐舉撥入茶湯喜与婦人戲嬉笑輒哄堂又復殺和尚流禍到僧坊浩浩徐夫子濁世恣佯狂畸譜殊坦白行迹略可詳 徐文長自著年譜一卷名曰畸譜見文長遺稿中 世人好閒話傳訛亦何妨吳有唐伯虎旗鼓差相當 其四 徐渭

018

往昔看畫今吾愛金眹堂創作無双譜此意自無双畫武通老蓮詩卻勝老楊（謂楊廉夫）自比於詩史字故曰古良終以文丞相始自張子房中有長樂老蔔及吳越王圖賛四十人各〻不尋常金君古遺民微意可推詳尊王亦貴民影響出姚江不必師黎洲浙學故流長（其五金古良）

往昔居會稽吾愛東郭門吾家在城內船步近沈園出门訪親友棹舟談詩晨東行十餘里越山有箸簣既過

019

皋埠市乃至樊江郡名物松子糕記憶至今存燒餅重
双酥其價錢二文 皋埠小燒餅與樊江松子糕皆地方名物松子糕大塊厚實與他處絕異
水程三十里春游正及辰待得緩緩歸天色近黃昏遥
望城門口肆叢如層雲 其六東郭门

往昔三讀六首

往昔讀古史吾愛神農氏教民務稼穡文化從茲始又
復教醫術百姓無夭折捨身嘗百藥辛苦非徒尔今朝
嗜人參晚或吞附子巴豆與甘艸有时一齐餌非有水

020

晶腹内景何由視頭頂似山峯得無毒氣聚野人多風
趣擬議得神理可笑唯倉聖四眼非佳謚 其一神農氏
往昔讀家訓吾宗顏黃门生丁六朝末身世值亂離試
讀觀我生嗚咽声暗吞歸心向三寶此意自可原遠書
二十篇斐娓見性文談藝有新意論學尊舊聞明達通
情理末世尤足尊垂老寫家教辛苦念子孫豈知愍楚
輩梟獍卵不存 之推子愍楚為朱粲屬官 其後全家乃盡為所食 生入舂擣粲
何處与招魂 其二顏之推

往昔讀唐詩吾愛李青蓮淵明昔有願唯酒与長年李
生飲中豪斗酒詩百篇醉来仰天笑飄渺思游仙者间
所喜愛乃復在人间人女伊可懷曼妙比諸天推敲易
朽頰柔美更可憐双足如霜白長惹夢魂牽人情好好
色幸喜近自然榮何楊廉夫鞋杯今古傳 其三李白
往昔閱集部吾愛邵堯夫宋朝重道學举世鮮眞儒重
法偏苛酷援釋近虛無曾讀濂溪集不能解通書考亭
訶棃渦水語如隸胥邵子獨擊壤有意擬康衢淵明擅

022

說理泰山不可踰，披襟說閒話，康幾寒山徒，閒居安樂窩，乃弄河洛圖，抱世賽康節，揭幟走江湖。 其四 邵雍

往昔在越中，吾愛河與橋，城中多水路，河小方容舠，曲折行屋後，舍橋但用篙，夏日河水乾，兩岸丈許高，洞橋如虹亘，石梁橫空踹，亦常有過樓，步履声非遙（板橋上有屋通兩岸人家，名曰過樓，亦曰過橋，為人民所私設者，唯城內有之），行行一二里，橋影相錯交，既出水城門，風景變一朝，河港俄空闊，野坂風蕭蕭，試立船頭望，爐峰于雲霄。 其五 河與橋

往昔買玩具吾愛塡〻鼓亦有紙叫雞名曰吹嘟〻架

上何槃〻泥人与泥虎光頭端然坐哈喇挺大肚高髻

著長帔云是墮民婦墮民婦女俗称老嫚着青衣青半臂民間有婚喪輒來服役多得賞

央火漆摸蝦翁壞臂獨竹篩水牛缸金魚果品以十數

更有木盤盌家用諸器具唯獨花鴨子小兒非所許惡

畫復易損只供擲骰賭 其六玩具

往昔四續六首

往昔論古人吾愛周李耳熟知古今事久爲柱下史閱

024

歷盡人智無愧称老子仲尼曾问道贊歎不自已如何
雲中龍為人擊其尾騎牛過函谷乃逢令尹喜閉關不
令行寫徑盡兩紙道德五千言言簡多妙理道家重無
為傳教自此始何意宋太上後復有道士 其一 李耳
往昔讀雜文吾愛坡与谷二君工書畫神妙窮筆墨举
世重文詩書堂競誦讀我只知雜著題跋与尺牘妙得
自然趣博味滿短幅有似所作畫怪石间竹不獨惜多
憂患文字致訟獄坡老流江南回首望巴蜀涪翁宜州

025

佳城樓雨濯足声名比李杜遭遇乃更酷 其二蘇軾黃
庭堅
往昔論先賢吾愛李卓吾禿頭着儒服言行如合符遂
遂禹稷心儼与菩薩偶焚書既已作一再定藏書筆削
存大義剛直過史狐人倫重估價筆自龍潭初語〻準
悖理世俗驚相呼吁嗟七十叟投身飼酷儒遺令有先
兆倮葬如東努至今通州道片石委路隅 其三李贄
往昔論鄉人吾愛李越縵詩語所不曉文喜襍駢散日

026

记颇可讀小文记游览一卷霍菴志書無足读玩涼派
雖不同風味比文飯惜哉性褊急往〻墮我後益前与
景孫（趙之謙 平步青）徵詞您月旦瞋目罵季貺（周星詒）祇是自私
怨豈因山川氣豁刻成疾患喜得披遺書勝於生對面

其四李慈銘

往昔看畫譜吾愛列仙圖前人有畫本相貌多魁梧了
不異人意方面美髯須此圖獨不爾作者出浮屠（列仙圖贊）
（三冊釋寂照所作）老陳壽者相胡坐駕牛車蓬下野卷軸後有

027

酒一壺赤松諸仙人面目如干鈢枯瘦多皺紋儼然山澤臞長生不駐顏道理非齟齬見識能到此善哉二氏徒

其五　列仙圖

往昔常行旅吾愛夜航船船身長丈許白篷竹葉苫旅客顛倒臥閒鋪費百錢來船靠塘下呼声到枕邊（夜中行船以塘路為準互呼靠塘靠下以避衝突）火艙明殘燭鄰坐各笑言秀才与和尚共語亦有緣堯舜本一人澹臺乃二賢小僧容伸腳一覺得安眠（堯舜澹臺及伸腳語本張宗子夜航船序見瑯嬛文集）晨泊西興

028

渡朝日未上檣 徐步出鎮口 錢塘在眼前 其六 夜航船

往昔五續六首

往昔看圖像 吾愛陳老蓮 身是明遺民 悔遲學逃禪 詩味少比少陵 乃以畫人傳 畫中有書卷 佳妙非一端 衣摺皆殊絕 自是古衣冠 女面如倒杍 不作瓜子尖 窄額豐輔頰 唐備多嬋娟 環肥正非偶 華滓想當年 後有任渭長 於越國先賢 筆法得一二 佳譽滿蕭然 任渭長名熊蕭山縣人地有蕭然山因以名縣 其一 陳洪綬

029

往昔讀志異吾愛蒲留仙源流出唐人属詞特鮮妍妻
曲盡世情十九属寓言演述怕婆事醒世說因緣醒世因緣
一書經胡適之氏考
証亦係蒲松齡所作善寫兒女態卻在狐鬼篇青鳳与
連瑣魅盡諸少年今古傳奇文至此造頂巔名高運亦
窮有如秋水軒一再經模擬語意不新鮮淞影富春帙
冷落王紫詮王韜書有淞影漫錄等書多種　其二　蒲松齡
往昔在南京吾愛埽葉樓閑居管輪堂七日得一休辟
走清涼山聊以散牢愁明賢龔半千異路不相謀高樓

030

出木末喜得豁双眸會當風雨時可作半日留凭窗望臺城塊然如屠丘蒼茫有古趣感觸如深秋少不諳世務讀史増百憂緬想南朝事點滴上心頭 其三 掃葉樓

往昔幼小時吾愛炙糕擔夕陽下長街門外聞吆喚竹筐架熬盤瓦鉢熾白炭上炙黃米糕一錢買一片麻餈值四文豆沙裹作餡年糕如水晶上有桂花糝品物雖不多大抵甜且暖兒童圍作圈探囊競買嘆亦有貧家兒銜指倚門看所缺一文錢無奈英雄漢 其四 炙糕擔

031

往昔讀西書吾愛古神话埃及与印度豪放風称磊形
相多異物雎盱可怪诧唯有希臘人想象特明憧天上
如人间譬々為憎爱神人同一體偉美超凡界詩人作
祭司宗教歸美化藝文旋復興影響徧诗畫後世谈文
明恍負一重債所惜时地隔未得及華夏 其五神話
往昔矜雜学吾爱性心理中國有婬書少时曾染指有
如圖秘戲都是云如此莫怪不自然綱維在男子後讀
西儒書一新目与耳無有纖与淨横陳觀玉體人欲即

032

天理非鴆亦非醴為酬平生願須得大歡喜大食有香

園反復明斯旨（香園昔亞刺伯古書可与素女経之今類相比而其性質意見絶不相似）

経科学光明浄故無比（其六性心理）

033

後記

去年五月末自北平移南京居於老虎橋長夏無事偶作小詩借為人題畫前後半年得詩數十其中有往昔一題凡五續共三十首別錄為一卷興之所至隨意寫出初無格律亦多出韻本不可以詩論但期達意而已情動於中而形於言咏嘆淫泆乃成為詩而人間至情凡大哀極樂難寫其百一古人尚爾況在鄙人深恐此事一說便俗非唯不能抑亦以為不可者也此三十首

034

多從史地雜事稍附意見多已見於舊日小文中亦無
甚新意其与舊作有殊者唯形式似詩耳若即此以為
是詩則唐突詩神亦已太甚矣三十六年一月二十日
知堂記於南京

035

丙戌歲慕禪詩

狂人

少小讀儒書尊崇孔仲尼無可無不可稱為聖之時聞
後見老子廣大似過之大道不可名世事差能知飄風
与驟雨天地難久持儒家貴中庸道理或在茲齒亡而
舌存復是隱者師莊生說木雁反復暢陳辭道家重養
生為我固其宜眾生雖苦餓未肯捨身施虎亦出函關

036

逝去不復疑後世有哲士讀史識其微自疑在水滸朝夕多懼思唯恐身作脯徒佐酒一危自称曰狂人措詞雖憤悲此意無人領婦臥東海漏迴者長已矣杯羹不可遠但憐堅目草芸芸亦若為

天才

昔住本鄉時常聞索士語（索士乃魯迅舊時別號此篇所述均係當時原意）極口頌天才凡愚無足數未必是超人文明有盟主俗世不相容有懷不得吐有如鴟在籠奄忽婦黃土孰乃殺

037

性嗔應是大吃詛（索士以天才一語不）晏遺曾役得為性解誓之自甚謝尊
龢斯為鉅自壞汝長城洪禍遂歸汝忽忽四十年八琴
無處所酌酒港空觴勞勞亦何補

挑擔

我身獄中人宿命應挑擔照料十方堂掃地供粥飯不
必為結緣本分事應辦但願各隨喜時至自聚散何為
見白髮忽爾還按劍本當共憂喜十年成敵怨虞帝大
聖人福德可贊嘆吾輩本凡民所宜安憂患忍過事堪

038

喜叫語庚無間無心学宴公聊且任僂面

打油

昔讀寒山詩十中了一二六需有語錄未能徹禪味但
喜當詩讀那重在文字吟詩即說話叫悟頗有致偶尔
寫一篇大有打油氣平生懷懼思百一吟中寄諂譬至
見血搖頭作游戲騙盡老實人得無多罪戾說坡太行
山亦復少風趣且任潑苦茶領取塾師意 太行山事見
適夢白笑賛
中甲乙爭辯太行山甲讀泰杭乙讀大形就塾師取決
馬塾師左袒讀大形者甲責之塾師曰你輸一次東道

039

不要緊張他一
世不識太行山

童話

平生常所愛婦人与小兒委屈殊堪念況此婉孌姿聖
王哀婦人周公非所知又復嘉孺子此意重可思仁者
相人偶彼我無差違哲人重理知人事無形窺始々千
百年文化生光輝婦女与兒童學問各分支染指女人
論下筆語枝離隱曲不盡意時地非其宜若乎兒童學
喜讀無猷時志在教与春遊戲實始基閒坐說故事歌

040

謠声喔咿瓦狗及木馬哄笑共游嬉撮土為盤筵主客
各陳詞兒童有權利道理可發揮勉寫文字心盡力
不隨卑生事筆墨辛苦為法施百事無一成吾力固為
微卻顧小兒輩悵惘不自持人情愛弱孫牛馬任所為
非不知煩惱樂此不為疲善哉諸老翁相對吾愧之媼
煦雖有心勝業終多歉何時得遂願補寫童話詩持贈
小朋友聊當一勺飴
讀書

041

讀書五十年如飲摻水酒備得陶然趣水味還在口從
無不快意長令吾腹負久久亦有得一呷識好醜冥想
架上書纍纍如瓦缶酸甜留舌本指顧辨良否世有好
事人叩門乞傳授舌存不可借對客徒搔首

笑話

聽人說笑話數見已不鮮更喜及下體厭語討人歡滑
稽與狎褻妙在不盡言有如演雜耍技術最為先旋蹀
易換質旋轉隨竹竿善人去繩索往復有餘閒一心持

042

平衡所爭分釐间步或失中道頗墮在目前说話非易
事大旨只是慳噤〻過分限徒自招譏嫌

大寒

時節近大寒朝夕多風雪紀數過二九寒氣何凜烈疾
風不終朝驟雨不終日短至日轉長嚴冬餘三一原指
交春時即在上元夕雖復有餘寒未必妨啟蟄天地有
歲虛往復成季節農夫自了知無待聖人说

梅子

043

文人愛梅花詩畫極普徧亦有風雅客踏雪騎驢看梅
不畫梅于未免是缺憾詩詞詠景物時或一二見宋人詞中
有紅英落盡青梅小青梅如豆柳如眉閒穿綠樹尋梅
子諸語但總不及唐詩中遶牀弄青梅以兒童生活為
背景更有　我意謂兒童果餌最所喜梅干與梅醬佳品
情趣也
出蜜餞更有大青梅酸味齒牙戲兒拳一下擊生脆餅
通總称曰青梅頭鄉語可懷念恨不遇曹公醋浸送一
擔
文字

044

半生寫文字計數近千萬强半实梨棗重叠堆几案不
會討下酒豈是文作飯讀書苦糧食聊且代行散本不
薄功利亦自有誓願誠心期法施一偈或及半但得有
人看投石非所恨飼虎恐未能遇狼亦已慣出入新潮
中意思終一貫祇慽欠精進回顧增感歎

丙戌歲暮

從前作絶句漫云牛山體近又寫五言似擬寒山子自
身非禪門釋眼無一是還自寫我詩筆畫代口耳寄遠

045

示太生本意祇知此話〻火狗年塗畫畫款低淡忍將
改歲唐勞可以已滅知筆墨錢不及錢刀利豈無恩與
怨欲報無由致行當濯手足山中習符水

三十六年一月十七日即丙戌十二月二十六日也

046

後記

前作往昔凡五續得五言古詩三十首續有所作體製相同題材無定因以襍詩名之既成十一首而舊曆除歲遂亦暫作結束余所作本非詩而亦復非散文本意仿偈頌體寫之亦殊有風致唯無韻以範圍之覺得太無限制且如意思淺少漫然下筆畫虎不成反為可笑故不敢為耳今雖每篇有韻亦只約略取其近似者用之上去声或通押蓋此本但以語音為準而非根據韻

047

書者也 三十六年一月二十日知常記

048

丁亥暑中課詩

黑色花

頃日見好夢尋得黑色花如墨或如漆比擬毫釐差冥
冥如長夜設喻將非誇上翔猫頭鳥下伏癩蝦蟆是實
有見毒有如美杜沙倏忽化為石倘笑露齒牙美杜沙者希臘
神話中神物三戈耳共之一貌如其 法力制人天摩呂
婦人面有見毒見之者輒化為石
不能遮者摩呂乃仙艸根航海者過巫女之島受其宴饗
者悉被變形為獸奮後得神人助予以此艸解

砍玉術復　我未学咒法紅衣師喇嘛板凳作馬騎人足
近人身　喇嘛云善咒法騎凳換足
換椏杈　諸事見於紀曉嵐筆記中　卻最喜最黑術能伏
雨腳蛇　世間作傷害人之法術曰黑術
其利人者則云白術如求雨等
鬼夜哭
倉頡造文字其時天雨粟亦有南山鬼夜半號咷哭天
意似欣喜謗麋散五穀有似雨香花往倒傚天竺鬼意
欲何為詭秘珠雞度或恐鑿混沌不能保純樸或攫竅
幽奧如焚通犀角可惜小鬼頭識見尚不足魯有吳道

050

予實相圖地獄法之羅兩峯鬼趣畫滿幅不必藉文字
幽隱無形燭更有張天師畫符如蚓曲一紙下雷部很
過鍾馗捉不比官文書出入弄筆墨寒抑窮秀才旦夕
捧書讀搖頭誦左傳周易背爛熟常被鬼揶揄聳肩如
蝙蝠餅酸酒味薄生計邅迴迫鬼竊食但嗅其氣新蒸饅頭輒減論酒則味淡
如水或化為環稠粘而酸云見孫德祖著寄龕甲志雞詩無鬼論虛耗苦鷄逐叫
時鬼應喜晝夜笑局＝

女人國

051

昔人作小說幻出女人國其地無夫夫窺井自孕育設
想非不奇陰陽苦孤獨又武妻為綱夫男作綱目女君
羅面首人事正反覆豈不快人意所重在報復西游記說女人
國無有男子蓋本於古代傳說鏡花緣之女兒國則男
女易位此自是作者的諷刺體聊齋之說羅刹海市耳
平等良大鷄故事未容續男女相人偶天然成眷屬相
推復相就如輪共一軸范范人世事端在衣食足自在
不相離公平即為福自在則不相離此意見英國詩人勃萊克所作挑金壤一詩中奇
蹟止於斯何用驚世俗

052

中山狼

昔有東郭生騎驢作浪游道中見狼子乞命頻叩頭啟
笈救敝狼或是墨者流難去狼復出欲斷先生喉諮詢
及桑樹同意有老牛動植本一體何所用怨尤終乃逢
老叟縱橫多智謀引狼卻入笈一釖遠相酬此事大有
名流傳遍九洲示誡示（衍）道者慎防貉一丘我曾遇野狼
似狗狀道周瞥見白棓影曳尾竄田溝人世有異物面
目猶同儔忽尔現狼相不省恩与讎民间懼人狼頗復

053

似此不（人狼者人而能化為狼食人武半中國 舊林變鬼人見於謝在杭著五雜俎）掩卷燈
下坐思之發沈憂

西游記

兒時讀西游最喜孫行者此猴有本領言動近儒雅變
化無窮盡童心最歆訝亦有豬八戒妙味在粗野偷懶
说謊話時被師兄罵卻復近自然讀過亦雞捨雞走上
西天一路儘作要只苦老和尚落難無假借卻令小讀
者展卷忘晝夜著書贈後人於此見真價即使谈玄理

054

亦應如是寫買櫝而還珠一樣致感謝

紅樓夢

曾讀紅樓夢不知所喜愛皎皎名门女矜貴如蘭蕙長於深閨裡各各富姿態多愁復多病嬌嗔苦顰黛蘅蕪深心人沈著如老僧啾唧爭意氣捭闔觀成敗哀樂各分途掩卷增歎慨名花豈不艷培栽費灌溉細巧失自然反不如蕭艾返復細思量我喜晴雯姐本是民間女因緣入人海雖裹羅与綺野性究然在所惜乃短命奄

055

忽帰他界但願現世中斯人倘能再握情對家國良時
庶可待

牛女

俗傳七月七牛郎會織女烏鵲架為橋一年僅一度書
並有学者將須说大误之有牛女星列在天河許世人
不好学錯解作夫婦吾輩凡俗人卻喜小兒語傳说有
佳篇正復在尔許久負天帝錢賴債此為祖責償罰分
飛歲々別離苦未必似纍君適逢家長怒耶威最酷烈

056

宙斯常動武（耶和華或依希伯來文改譯為耶威 宙斯者古希臘神話中天帝之名也）耕織償聘錢此事猶為想當作神話看比較多風趣學問辨真假人情無今古滿紙荒唐言悲歡動婦孺若欲談天文自當按星譜

夸父

夸父昔逐日陶公曾有詩功竟在身後此語重可思甘淵不可至鄧林實所遺此事足千古俗輩安能知我思魏晉人所見識深微委曲通人心情至理不違唐宋固

057

文武思想漸萎衰虛言張道義酷儒為士師尓來講学
者千載從光威此輩適何來疑是鮮卑兒習得漢文学
虜性猶未移武氣向華人有如暴昔時於今成学風群
起而力追昔人亦奴氣大意或在斯我懷公之佗後起
安可期 公之佗為傅青主別號之一

伯牙

伯牙善鼓琴但為知己彼鍾期既逝去琴声遂永絶所
以人琴亡良由質已失吾輩平凡人別遠自有分別他

058

技固未有知音不可必有懷欲傾吐且拚面壁說或如
吴门僧臺前列頑石即使不點頭聊可破寥寂大声叫
荒野私语埋土穴古人有行者方法不一一何必登高
座语〻期擊節或有自珍意随时付纸筆後人如不讀
亦堪自怡悦欲出悉出已能事斯已畢
好颜色
我昔曾学鈎書法非所識但能辨點畫纸白而字黑獄
吏来求索浪費纸与墨入市看無藍人情無乃惑一日

059

寫扇面豁然頓疑釋多謝愚泉于見致双印石更有果
居士貽我好顏色印文落紙尾赫如櫻唇赤鮮艷奪人
目無怪競欲得我受二君賜一得亦一失雅玩殊可喜
得無近懷璧少時知所戒今乃為之役 八月十三日酷熱為人書扇戲作是篇併致衷愚泉劉果盦二君

紀曉嵐

東坡喜說鬼妄言聊解醒本來無所為妙語乃環生後
世談神怪唯以寄勸懲顏夭跖乃壽此理既無憑况復

060

涉三世支離弥可憎紀氏作五記文筆頗清明為有宜
傳意竊勸識者聽卻有一節話頭曰繩還繩傳狐還被
傳報復相因承等是示儆戒此意差可稱孔子重直道
報怨得其平牙眼各相報見於景教經儒家要中庸天
主有成名同時傳此語不能違人情

李長吉

吾懷李長吉善作幽怪詩及讀南園篇中心常懷疑生
為唐宗室身世非卑微浪游覓詩句長有奚囊隨不知

061

何所感乃作孤憤詞欲買耶溪釣誓從猿公歸十年游
揚州薄倖杜牧之忍過事堪喜此言亦若為文人多感
觸千古類如斯哀怨雖刻骨旁人那得知卻情長公郎
平生未展眉倏忽赴帝名未及辭阿麼玉樓縱云樂越
游終虛期神釣不自羅欲以報阿誰

陶淵明

宋書傳隱逸首著陶淵明名文歸去來所志在躬耕本
來隱逸士非不重功名時艱力不屬脫然謝簪纓人不

可無勞桓溫語足徵孟嘉亦豪傑尺寸無所憑偃蹇居
移屬徒爲螻蟻輕五斗悔折腰此意通弥甥細讀孟君
傳可以知此情俗儒辯甲子曲說徒耆騰

笑林

憶昔讀笑林著想多妙絕小妖作變怪忽被淨瓶吸魔
王旋降服嘍囉悉得出王慰諸魔眾苦饑曾幾日答言
饑尚可幾乎挨揍熬徵言妙得聞一語噴笑噱更有川
柳詩字數終十七諷刺世俗情最能撩間隙亦我咏史

063

事情事寫歷〻文王訪太公徐步近水側釣得魚兒否
負手搭訕說一曲渭水河邊眞過瘾劉諧謔雖小道亦
足一藝術伺機覓要害一攫不容失賢達善大言滿紙
語刺〻（刺讀若切）無怪淺学者展卷眼生纈

花牌樓

往昔住杭州吾懷花牌樓後對狗兒山巍然一培塿出
门向右行是曰塔兒頭 不记售何物市肆頗密稠陋屋
僅一楹寄居歷兩秋夜上樓頭臥壁蝨滿墻暇飽飼可

可免疫日久不知愁樓下臨窗讀北風冷颼〻夏日日

苦長飢腸轉不休潛行入廚下飯塊恣意偷主婦故疑

问莫是猫兒不（所謂主婦者乃是祖父之妾昔日文中稱之曰宋姨太〻實乃姓潘北京人也）

明日遠如此笑罵儘自由餓奴事非小嗟我何足羞冷

飯有至味舌本至今留五十年前事思之多煩憂（余居杭州）

（时为前清丁酉戊戌距今正已五十年矣）其一

素衣出门去踽〻何所之（先君於丙申秋去世次年往杭州故尚服素也）行過

銀元局乃至司獄司獄吏各相識出入無言词径至祖

065

父室起居呈文詩主人或不在间行獄神祠或与獄卒
倍母鷄孵蛋兒温語教窩讀野史任繙披十日三四去
朝出而暮歸莅葬至除夕侍食歸去遲燈下侍食畢會
值收封時再拜別祖父徑出圜木扉夜過塔兒頭舉目
悽凄而登樓倚牀坐悽景与昔違暗淡燈光裡逐与一
歲辭　其二
我懷花牌樓鷄忘諸婦女主婦有好友東鄰石家婦自
言嫁小家曾逢老姑怨強分連理枝貴与寧波賈傻夫

066

幸見憐前夫侍難負生作活切頭無人知此苦民間稱婦人再
醮者为二婚頭其有夫尚存在者俗稱活切頭大抵
由其夫家轉賣与人母家因曾受財礼不能過间也傭
婦有宋媼一再喪其侶最後從轎夫肩頸肉成阜數月
一來見吶吶語不吐但言生意蕭條不能相顧隔壁姚
氏嫗土著操杭語老年苦孤獨瘦影行踽踽留得乾女
兒盈盈十四五家住清波门隨意自來去天時入夏秋
惡疾猛如虎惡疾係指霍亂今訛稱虎列剌亦云虎疫婉孌楊三姑一日婦
黃土主婦生北平髫年侍祖父嫁得鄭京官庚戌尚得

067

所應是命不猶適值秦風雨中年終下堂漂泊不知處
人生貴良大錫到處聞悽楚不暇哀前人但為後人懼

其三

袁隨園

往昔讀詩話吾愛袁隨園摘句有佳語前人加朱圈々
稍長議論少年常愛看及後重取閱相隔五十年影跡
模糊在味道不新鮮多言尹相國如見時摩肩所吾重
性靈主張近公安卻獨以此故見怒於時賢悪口章實

068

無反後帰学篇淅学分東西派別故儼然

劉繼莊

人生在世間常為人所欺自欺復欺人三者斯盡之善
哉劉君言大慧亦大悲看徹愚与惡如何不厭離仁者
雖已悟卻復有所為事功期及眾力行為始基礼楽本
民情惜為王者私持以遠人民六藝可博施禹稷急民
事是為今人師已亦在人中墨子語可思生活即天理
今古無乖違投身眾流中生命乃無涯或笑殉道者迂

069

風寧非痴自欺理鷄免為人義無虧以釟求生存正命復奚疑立徳与立功於此其庶幾（劉維莊著有康陽雜記五卷上所述語即出其中後半則是作者私意耳）

秋蟲

涼風起夜半秋蟲鳴前庭細聽非促織乃是油唧吟（油盘盧似蟋蟀而大油黑有光不能鬧鳴声亦較為單調俗呼油唧吟）因風送繁響恍如振金鈴反復鼓哀調急迫鷄為聽劉憐黑大漢何像作此声將是唱戀歌當戶理鳴箏及時不見采將隨秋葉零

070

造物衆有物衆生執此生生〻實天意仁義乃俗情方
向既自定道路所由成人生識微末智力庶可憑若不
造幸福空負虛長名哲人重自然高論涉杳冥倘欲返
本真應學秋蟲鳴

中元

中元為鬼節人家競祭祖照例十碗頭葷素約半數越俗平常宴集率用十簋稱為十碗頭或六葷四素或八葷二素五葷五素不常有或云半數實由諺韵也今
朝特嚴肅供桌用全素別製南瓜餅有似古寒具蒸瓜

071

取其肉和麪下油釜煠作黃金色甜味悅婦孺例必有西瓜犬牙切交互纏滇瓜便貴千錢無買處再拜奠酒漿分坐各散胙茶在鄉邨人行事更多趣十五迎轉靈家家設炬火（火字依俗音讀若晃）门前焚苧梗迎神声淒楚我不信鬼神人情知戀慕聞此每愀然如靈儼在户十六設祖餞送靈歸地府茄牛角崢嶸瓜馬足彳亍持此為神騎跨之從此公亦有蓮花燈荷葉蓋燭娃黃昏列隊行碧影滿衢路本意照幽冥游戲屬兒女今日明晃晃明

072

日委泥土童謠説無常不知誰所譜（北平童謠云蓮花燈今兒点明兒扔）
（小兒持燈游行街上率同聲歌之）會值盂蘭盆大旨無違忤我本出田
間頗知人間苦語及舊風俗情意多能喻懷念鄉村人
東望徒延佇

水神

越人与水狎斷髮而文身入水鬪蛟蜃不聞長水神帝
朧有神女常居河海濱年少美容顏可畏亦可親時就
凡人戲解佩致殷勤倩畫手取材流傳為世珍寄讀如

073

夢記鄉曲 記傳聞（如夢記日本坂本文泉子著原名夢一般）池沼有主者頗
是龍蛇倫常悅人間女拉致爲婚姻是名阿玉池綠水
不生蚊水在四行中柔媚最近人舟楫通遠地罟網獲
巨鱗食飲併盥濯切身多歡欣一朝入水底忽爾爲波
臣變作河水鬼水際永沈淪平生居水上一死原無論
獨惜樂水意不及懷土般流水有情意奴生不可分生
時承愛撫奴亦獲溫存聊當畏海女（畏字誤當作愛字）無愧水
鄉民

074

白蛇傳

頃与友人语谈及白蛇傳緬懷白娘々同声发嗟嘆許仙凡庸姿艷福卻非淺蛇女雖異類素衣何輕情相夫教兒女婦德亦無间称之曰義妖存诚亦善々何處来妖僧打散双飛燕禁閉雷峯塔千年不復旦濠州有影戲此春特哀豔美春终悲劇兒女所懷念想見含錚時淚眼不忍看女為釋所憎復為儒所賤礼教与宗教交織成偏見弱者不敢言中心懷怨恨幼時播弹词文句

075

未能忘絶惡法海像指爪搯其面前後搯者多面目不可辨迨未廿年前塔倒徑自現白氏既已得出法海應照辨待師入鉢中永埋西湖畔

八犬傳

中原有市鎮不忍幸遇兵燹屋破人盡去惟存狼与犬狼從山中來犬是村中產相會廢墟中廢墟掃搃管狼本無所為志在得片斷手法有祖傳不知恩与怨犬雖出狼族忠義性不變每見生客逃竄為主人患跳踉相

076

追逐垂舌雜呼喘旅人狼狽去一口或難免不知舊主
人洋場正避難安臥高樓中身心甚康健侍衛固徒勞
勇猛可示勸待得太平時為作八犬傳 偶讀梁實秋雅舍小品中的一篇狗戲作此章八犬傳者日本舊小說馬琴仿水滸傳而作也

不可說

朝鮮有故事名曰不可說是實一怪獸徧身如鋼鐵每
日不喫飯唯需針一石王命挈之來獸圈生顏色所苦
求過供鐵針不暇給搜刮遍民間怨声起嘖嘖王令殺

077

此獠刀箭不能入積薪付荼毘薪盡體通赤倏起实圖去街市悪契蒸結果終如何下文付蓋闕我昔聞此事妙處在此默若問其中意至今不識得不可説的故事見於傳説之綱鮮一書中三湎環所編

秋老虎

節候過立秋轉瞬將半月登樓望桐子焦黃見秋色入夜聞秋声庭前鳴蟋蟀白日臨高窗午後仍苦熱俗称秋老虎殘暑有餘烈夜半氣候變涼風時漸漸秋日雖

078

可畏終与三伏別安色談山君未免太膽怯寃猛迷々相濟畢竟是々英物倘遇秋天狼金流石應鑠

茶食

東南佚茶食自昔称嘉湖今日最講究乃復在姑蘇粒粒松仁僊圓潤如明珠玉帶与雲片細巧名非虛北地大八件品質較簾疎更有土產品薄脆及缸炉半飽可点心或非茶時需吾意重糕餅稱与常人殊慈煉有年美制出唐浮屠饅頭澄沙飾云是祖林逋々書大福餅

079

朵頤学兒雞杖頭有百錢一日足所須乾餱可度歲且
置室一隅會當風雨夕慰情聊勝無煎餅庶其選可以
佐茗茶更喜甜納豆肥美誠可茹故里塔山下小餅孺
香酥併配炒芽豆為值良區區祇今投百金難得一握
餘俛仰三十年感歎無乃愚

修禊

往昔讀野史常若遇鬼魅白晝踞心頭中夜入夢寐其
一因子巷舊聞尚能記（因子巷故事似見於曲洧舊聞）次有齊魯民生

080

當靖康際沿途喫人腊南渡作忠義待得到臨安餘肉存幾塊此事見雞肋編哀哉兩脚羊束身就鼎鑊猶幸製熏臘咀嚼化正義氣食人大有福終究成大器講學称賢良聞達參政議千年誠旦暮今古無二致舊事倘重来新潮徒欺世自信賣雞肋不足取一識浮巷聞狗吠中心常惴惴恨非天師徒未曾習符偈不然作禹步撒水修禊事

乞食

陶公昔乞食鮑叔曾解衣古人去我久不意復見之我生非君子固窮亦受辭德不信冥報致謝徒虛詞半生弄筆墨冷暖祇自知辛苦得半偈妄想作法施人言豈足恤但苦歲月馳事功終未就所期在來茲

梧桐

中庭有梧桐亭亭如華蓋碧葉手掌大蔭庇諸蟬類繁榮極夏日倏值歲時改時光不可見日日奪蒼翠桐子已黃熟收入童兒袋蕭蕭秋風起飄然一葉墜蟬声微

082

衆落漸以促織代却驚懶婦心寒衣未補綴

魯酒薄

不知魯酒薄何以邯鄲圍我卻素此語因修或相違越
地善釀酒声名四遠馳一旦遭兵火此業遍淩夷糯米
無來路巧婦難為炊乃知溧陽陷遂使越酒漓粘粤酒在本地只粹老酒用糯米所做需米極多均係由溧陽輸入者
昔時喫老酒三文沽一卮平時沽酒不論斤但以酒吊子計數稱曰一提市價六文
兩碗既落肚陶然忘飢疲
適足兩碗唯老百姓喫酒以兩碗為起碼若只能喝一
碗則視為不足道殊無入酒店喫碗頭酒之資格也

083

即今出萬錢不足潤喉頤新釀苦味甯薔貯更無遺空
令酒大户感歎時運非何時得暢意獨酌傾大杯

紅花

昔日讀紅花吾懷伽尔洵自称為懦夫慈悲發大心會
値俄土戰死傷日益深扼腕救不得痛苦願平分有如
庫士瑪投身去從軍四日臥戰場隻脚幸尚存又或如
伊凡怯弱安賤貧愛彼倚门女念此多苦辛徒夢不得
意一身等輕塵感念人间苦又或為狂人瞥見红色花

084

認為眾惡因焦思日清瘦一旦臥墻陰握花在手中面上見笑痕我愛古文士不徒寫仿文是中有真意惻惻為群倫言行常相副非止呼与呻器識能如此立言乃可尊翰林与御史彼哉安足論

紅花儒夫四日均係伽尔洵所作小說篇名靡士瑪与伊凡則是諸小說中人名也

後記

七月下旬移居東獨居稍得閒靜而天氣特炎熱借閱雜書聊以消夏間或寫五言新詩初得黑色花鬼夜哭二首總題云新古典詩其時方寫兒童雜事詩故暫閣置閱十許日復寫女人國中山狼性質尚相似唯以後則漸以雜糅殊少古典之氣息矣乃改題曰暑中雜詩計自大暑以至處暑一個月中共得之十二首因錄為一卷此種俳諧詩本是姑妄言之的性質不會得有

086

多少思想感情藏在裡面其中惟花牌樓一題三章差為用意之作但在見過我的雜文的人看去亦只是將散文中有過的有些意思變為韻語的形式而已以云新的意味殆未嘗有也新的感想豈尔易得即使有之亦何必寄之於消暑的雜詩中耶卅六年八月廿七日

知堂記

087

兒童襍事詩

甲編 兒童生活詩

一 新年

新年拜歲換新衣、白襪花鞋樣樣齊。小辮朝天紅線紮、分明一隻小荸薺。荸俗音讀如蒲、國語讀作鼻、亦是平声。

二

昨夜新收壓歲錢、板方一百枕頭邊。大街玩具商量買、

088

先要金輿三腳蟾。大錢方鑿者，名曰板方。金魚等，皆大漆所製。

三

下鄉作客拜新年，半日猴兒著小冠。待得歸舟双槳動，打開帽盒喫桃纏。新年客去，例還點心一盒，置舟中，紙盒圓扁，如舊日帽盒，俗即以此稱之。什錦點心中，以核桃纏、松仁纏為上品。餘亦只是雲片糕、坊來糕之類而已。

四　上元

上元設供蠟高燒，堂屋光明勝早朝。買得雞燈無用處，廚房去看煮元宵。

089

五　風箏

鮎魚飄蕩日當中、胡蝶翩飛上碧空。放鷂須防寒食近、莫教遇着亂頭風。（鮎魚、胡蝶皆風箏名、俗称曰鷂）

六　上学

龍燈蟹鷂去迢迢、關進書房耐寂寥。盼到清明三月節、上墳船裡看姣姣。（兒童歌謠云、正月燈、二月鷂、三月上墳船裡看姣姣。）

七　埽墓

埽墓埽來日未遲、南门门外雨如絲。燒鵝喫罷閒無事、

090

澆遍墳頭數百獅。百獅墳頭在南门外、掃墓時多在其地會飲、不知是誰家墳墓、石工壯麗、云共鑿有百獅、但细數之、亦終有五六十耳。

八

牛郎花好充魚毒、艸紫苗鮮作夕供。最是兒童知采擇、船頭滿載映山紅。牛郎花色黃、即羊躑躅、云羊食之中毒、或曰其根可以毒魚。艸紫即紫雲英、農夫多植以肥田、其嫩葉可瀹食、杜鵑花最多、遍山皆是、俗名映山紅、小兒摘花瓣咀嚼之、有酸味可口。

九

跳山掃墓比春游、歲歲乘肩不自由。喜得居然称長大、今年獨自坐山兜。跳山在會稽，即漢大吉摩崖所在地，兜子轎即爬山兜，二人舁之甚輕便。

小兒出行，多騎傭人肩上，姜白石詞，只有乘肩小女隨，可知此風在南宋已然矣。

十 書房

書房小鬼忒頑皮，掃帚拖來當馬騎。額角撞墻梅子大，揮鞭依舊笑嘻嘻。

十一

帶得茶壺上学堂，生書未熟水精光。後園往復無停趾，底事今天小便長。

092

十二 立夏

新裝扛秤好稱人、卻嫌今年重幾斤。喫過一株健腳筍、
更加蹦跳有精神。

立夏日稱人、以防蛀夏、大槩原來於立秋日當重稱一回、以資比較、但民間忘其意義矣。以淡筍納紫火中燒熟、去殼食盡一株、名曰健腳筍。

十三 端午

端午須當喫五黃、枇杷石首得新嘗。黃瓜好配黃梅子、
更有雄黃燒酒香。

十四

蒲劍艾旗忙半日，分來香餅与香球。雄黃額上書王字，喜聽人稱老虎頭。

十五 夏日食物

早市雞家二里遙，提籃趕上大雲橋。今朝不喫麻花衛，荷葉包來茯苓糕。苓俗語讀作上聲。

十六

夕陽在樹日交酉，潑水庭前迎晚涼。板桌移來先喫飯，中间蝦殼筍頭湯。

094

十七　蚊烟

薄暮蚊雷震耳聾、火攻不用〻烟攻。脚炉提起團〻走、燒著楓香路〻通。越中多蚊、白晝点長條之蚊烟、黃昏則於銅火炉中焚茅艸蚕豆萁或路路通發烟以祛之。小兒專司其事、以長繩繫於炉之提梁、擧之巡行各室中。路〻通即楓實、焚之微有香氣。

十八　瓜

買得烏皮香撲鼻、蒲瓜鬆脆亦堪誇。負他沙地殷勤意、雞喫噴香呢殺瓜。烏皮香者、香瓜之一種、皮青黑、肉微作碧色、香味勝常瓜。蒲瓜亦称枕頭瓜、柔脆多水分、但不甜耳。冷飯頭瓜、俗又名呢殺瓜、以其瓤軟、食之易噎、但可以飽、有如冷飯、沙地種瓜人常

095

用作贈物、北方有名老頭兒樂者、盖亦是此類歟。

十九　夏日急雨

一霎狂風急雨催、太陽趕入黑雲堆。窺窗小臉驚相問、可是夜叉扛海來。夏日暴雨將至、風起雲湧、天黑如墨、俗語輒曰夜叉扛海來。

二十　蒼蠅

飯後滿地綠沈沈、桂樹中庭有午陰。躡足低頭忙奔走、捉來幾許活蒼蠅。

二一　菱

096

婦孺都知駝背白、雷門名物至今稱。新鮮酒醉皆佳品、
不及尋常煮大菱。菱角通稱大菱、駝背白為四角菱之一種、色青白而拱背、出雷門附近。

二二　蟋蟀

啼徹檐頭紡績娘、涼風乍起夜初長。鬧心蛐蛐階前叫、
明日揚籠准破墻。

二三　中元

中元鬼節款[illegible]露、蓮葉蓮華幻作燈。明日雖扔今日點、
滿街望去碧澄澄。北方童謠、蓮花燈、今兒点、明兒扔。

097

二四 中秋

紅燭高香供月華，如盤月餅配南瓜。雖然慣喫紅綾餅，卻喜神前素夾沙。（中秋夜祀月以素月餅，大者徑尺，與木盤等大。）

附記

兒童生活詩實在亦即是竹枝詞，須有歲時及地方作背景，今就平生最熟習的民俗中取材，自多偏於越地，亦正是不得已也。

098

乙編　兒童故事詩

一　老子

當年李耳老而孩、奇事差堪比老萊。想見手持搖咕咚、白頭臥地哭咳二。搖咕咚玩具、小鼗鼓也、咕咚讀若骨棟。

二　晉惠帝

滿野蛙声叫咯吱、累他鄭重問官私。童心自有天真處、莫道官家便是痴。虫鳥啼声有時甚为迫切、蛙为尤甚、真令人有所为何來之感、但俗人或不觉耳。

三　王衍

小孩淘氣平常有、唯獨王家最出奇。祖父肚臍種李子、哉乎急殺老頭兒。记是王夷甫事。夷甫體肥碩、暑月袒臥、孫兒輩以李子納其臍中、夷甫未之觉、後汁出則大驚、恐谓腹爛且死、及李核出乃始釋然。

四　陶淵明

但觉梨栗殊可念、不好紙筆亦尋常。陶公出语慈祥甚、責子詩成進一觴。

100

五

離家三月旋歸去、三徑如何便就荒。稚子候门候不見、
菊花叢裡捉迷藏。

六 杜子美

杜陵野老有情痴、淒絶羌邨一代詩。偶遂生還還復去、
膝前何以慰嬌兒。杜子美羌邨之二云、嬌兒不離膝、畏我卻復去。

七

鄉间想無雜貨店、稚子敲針作釣鈎。但有直鈎無倒刺、

沙灘只好釣泥鰌。稚子云云、杜子美句也。

八 李太白

太白兒時不識月、當作一張白玉盤。無怪世人疑胡種、
蒲萄美酒喫西餐。

九 賀知章

故里歸來轉陌生、兒童好客競相迎。鄉音未改離家久、
驚怪旁人說拗声。越人称外鄉語皆曰拗声、盖鄉音不佳之義也、思之可發一笑。

十 杜牧之

102

人生未老莫還鄉、垂老還鄉更斷腸。試問共誰爭歲月、兒童笑指鬢如霜。杜牧之句、共誰爭歲月、贏得鬢如絲。

十一　陸放翁

阿哥寫字如曲蟮、阿弟说话像黄鶯。鶯越中俗語孖兒憤如壹平声、嬌小嗔不得、流壁同時復畫窗。陸放翁喜小兒輩到行在村云、阿岡學書如蚓曲、阿繪学语鶯囀木、畫窗流壁不忍嗔、啼也復可憐人。杭州人称小兒日孖兒、音如茅、殆是臨安俗語之留遺耶。啼字上落嗔字、集此應改為啼字下落呼字。

十二　姜白石

縱負元宵逐隊行、白頭居士老閒身。憐他小女來肩看、
双髻丫叉剩可人。
姜白石觀燈詞、白頭居士無呵殿、只有乘肩小女隨。

十三 辛稼軒

幼安豪氣傾儕輩、卻有閒情念小僮。應是貧窮有同志、
溪頭默看剝蓮蓬。
辛稼軒詞、大兒鋤豆溪東、中兒正織雞籠、最喜小兒無賴、溪頭看剝蓮蓬。

十四 徐文長

徐生作事不尋常、故事流傳滿故鄉。贏得兒童開笑口、
人人都解說文長。
徐文長故事、鄉間傳說甚多。

104

十五　王季重

買得泥人買紙雞、蘭陵面具手親持。謔菴畢竟多情味、多買刀槍哄小兒。

王季重遊慧錫兩山記云、買泥人、買紙雞、買蘭陵面具、買小刀戟、以貽兒輩、見文飯小品中。

十六　清順治帝

掙得清華六品官、居然学士出寒門。胡兒亦自知風趣、畫出騎驢傳狀元。

清順治幼年即位、為傳以漸畫狀元歸去驢如飛圖。

十七　瞿唐江

不攻異端衛聖道、但嫌光頂蓄香疤。手携三尺斉眉棍、
趕打游僧禿腦瓜。事見梁山毋所作傳中。

十八 高南阜

膠東名宿高南阜、文采風流自有真。寫得小娃詩十首、
左家博趣有傳人。

十九 鄭板橋

门前排坐喜新晴、侍泥家人说古今。最爱鋤禾日當午、
手分炒豆教歌吟。板橋家書、以鋤禾日當午二詩教小兒、於排坐喫炒豆時唱之。

106

二十 陳授衣

純愛詩人陳授衣、善言拋墻折花枝。泥嬰面具尋常見、壽誦田家襍興詩。

陳授衣詩見韓江雅集中、帶得泥嬰面具同、閱廉風句。点是集中田家雜興詩之一也。

二一 俞理初

本来嚴父止於慈、說妒周姿有怨詞。遺稿叢殘多義憤、剗憐弱女與痴兒。

俞理初善有嚴父母義、及妒非女人惡德論。

二二 王蒙友

107

不教童蒙嚼木札、故將文字示幼兒。古今多少經生輩、慚愧鄉寧学老師。王菉友著教童子法、又文字蒙求、皆言課子之事也。案王君為鄉寧知縣、此云学老師、誤也。因已寫定、亦不復改正。

二三　凱樂而

絕世天眞愛麗思、夢中境界太離奇。紅樓亦有聰明女、不見中原凱樂而。愛麗思漫游奇境記、英國凱樂而著、趙元任譯。

二四　薩洛進

一春空窮寫愁詩、人間毒劊〻堪悲。村頭相見頻揮手、

108

我愛童兒由利斯。人间的喜劇、美國薩洛延著、有柳無塔譯本、不完全、可惜也。

附记

大暑節後、中夜闻蛙声不寐、偶就文史所记涉及小兒事、戲作數诗、後復賡續援益之、共得二十四章。左家嬌女事、珠玉在前、未敢弄拙、雖頗自幸、亦殊以為憾事也。七月三十一日。

兒童故事诗本應多趣味、今所作乃殊為枯燥、奉

109

負此題、甚覺歉仄。有些悲哀的故事、如忒洛亞之都君、赫克多耳之子、十字軍之兒童隊、水滸之小衕內曲流舊聞之因子卷等、常往來於胸中、而自信無此筆力与勇氣、故亦不敢漫然涉筆、至於不欲令讀者不歡、則還是其第二三個理由耳。九月二十八日、校錄後再記。

三十六年十二月二日全部寫畢

110

乙編　兒童故事詩

七　杜子美

詩人有識兒煩惱、痴女痴兒不去懷。稚子恒飢誰忍得、
淒涼顏色追人來。
彭衙行云、痴女飢咬我、啼畏虎狼聞。
百憂集行云、痴兒未知兒子禮、怒叫
索飯啼門東。狂夫第三聯云、恒飢稚子色
淒涼。此在他人詩中、皆不能見到者也。

右詩加入、其原本第十四則刪去之、

兒童襍事詩

丙編　兒童生活詩補

一　花紙

兒女英雄滿壁排，街頭花紙費衡裁。大廚美女多嬌媚，不及橫張八大鎚。

直幅美女圖，用以貼衣廚門扇上者，名曰大廚美女。八大鎚畫戲裝武士，教人持鎚，大小式樣不一，多係橫幅。男孩每喜購之。

二

112

老鼠今朝也娶親，燈籠火把鬧盈門。新娘照例紅衣袴，翹起胡鬚十許根。老鼠成親花紙，儀仗輿從悉如人間。

三

滾燈身手好男兒，畫出英雄氣短時。莫笑閨中甘屈膝，陳風古有怕婆詩。花紙有滾燈者，不詳其本事，畫作男子伏地，頭頂燭臺，女人著紅抹胸戟手指麾。詩經中彼澤之陂，牟默人說，是陳人怕婦詩。

四　故事

曼倩談諧有嗣響，諾皋神異喜重聽。大頭天話更番說，

113

最愛捕魚十弟兄。為兒童說故事、多奇詭荒唐、稱曰大頭天話、即今所謂童話也。十兄弟均奇人、有長腳、闊喙、大眼等名。長腳入海捕魚、闊喙一吞而盡、大眼泣下、遂成洪水、乃悉被沖去云。

五

老虎無端作外婆。大囡其奈阿三何。天教熱雨從頭降、拽下猴兒著地拖。老虎外婆為最普遍的童話、云老虎幻為外婆、潛入人家、小女為所噬、大女偽言如廁、登樹逃匿。虎不能上、乃往召猴來、予以繩索、令往捕女。猴以索套頸、間關上樹去、女惶迫、遂溺著猴頭上、猴大呼熱熱、虎誤聽為拽、即拽繩急走、及後停步審視、則猴已被勒而死矣。俗呼猴子曰阿三。

六

114

幻想山居亦大奇、相從赤豹與文狸。牀頭話久渾忘睡、一任檐前拙鳥飛。

空想神異境界、互相告語、每至忘寢。兒童睡過、大人每警告之曰、拙鳥飛過了、謂過此不睡、將轉成拙笨也。

七 歌謠

夏夜星光特地明、兒歌唱晰劃堪聽。爬墻蟢蟻尋常有、踏殺綿羊出事情。

兒歌一顆星最通行、前後趁韻接續而成、絕無情理、而轉換迅速、深愜童心。末曰、蟢蟻會爬墻、踏殺兩隻大綿羊。末句有各種異說、此為其雅馴者耳。

八

堦前聚兒火螢虫、拍手齊歌夜夜紅。葉底點燈光碧綠、青燈有味此時同。兒歌云、火螢虫、夜夜紅。

九

捉得蝸牛叫水牛、低吟尔汝意綢繆。上街買得燒羊肉、犄角先伸好出頭。北方兒歌、水牛、水牛、先出犄角後出頭。又云、給你買的燒肝兒燒羊肉噌。北平謂角曰犄角、犄讀如稽。

十 玩具

門前迎會鬧烘烘、要貨年年樣式同。買得紙雞吹嘟嘟、

116

木頭門虎竹蟠龍。

城中神佛按時出巡、俗称迎會、多有街賣玩具者、率極質樸。以紙片泥土叉雞毛為雞、中有竹叫子、吹之有声、名曰吹嘟嘟、大抵只值一錢一个。

十一

南鎮歸來謁禹陵、金階百步上層層。手持木盌長刀戟、大殿來聽蝙蝠鳴。

會稽山之神廟外有碑曰東南第一鎮、俗因称其地曰南鎮、春日香火極盛。禹廟殿陛甚高、有數十級、俗名百步金階、儀门內兩側皆玩具攤、貨木製盤盌刀槍。殿上多蝙蝠、晝夜鳴叫不息、或曰亦棲於禹像耳中、不知其審、想亦會有之也。

十二

虫鳥

117

胡蝶黄蜂飛滿園、南瓜如豆菜花繁。秋虫未見園林寂、
深艸叢中捉綠官。綠官狀如艸結〻而小、碧色可愛、未曾聞其鳴声、兒童以為是促織之兒、蓋非其實也。

十三

辣茄蓬裡聽油蛉、小罩𢳆來掌上擎。暫見長鬚紅項頸、
居然名貴過金鈴。油蛉狀如金鈴而差狹長、色黑、鳴声瞿〻、低細耐聽、以鬚長頸赤者為良、云壽命更長。蓄之者以明角為籠、絲線結絡、寒天懷着衣襟內、可以經冬、但入春以後便難持久、或有壽至清明節者、則絶無而僅有矣。

118

十四

喜得尊稱績縩婆、灰黃衣着見調和。淡花摘得供朝食、妨礙南瓜結實多。小兒呼絡緯為績縩婆ミ、多籠養之、摘南瓜淡花為食料、淡花即雄蕊也。

十五

風春雨碓亂紛飛、省識微虫是蠁斯。揭起醋瓶群飛出、雅名学得是醯鷄。蠁斯即蠛蠓也、亦以称醯鷄、陸農師埤雅已如此說、唯郝蘭皋作爾雅義疏以為非是。風春雨碓是郭璞語、謂蠓飛而上下如舂主風、回旋如碓主雨、今俗語猶然云。

十六

119

姑惡飛鳴傍暮烟，妹宵淒寂不成眠。童心不解歡情薄，聽到啼声總可憐。越俗水鄉多姑惡鳥，夜中聞啼声甚淒婉。姑惡飛鳴傍暮烟，朱竹垞句。東風惡，歡情薄，見陸放翁釵頭鳳词。

十七　鬼物

山魈獨脚疑殘疾，罔兩長軀似阿獃。最怕橋頭河水鬼，播錢游戲等人來。溺鬼俗称河水鬼，云狀如小兒，常群聚水邊，擲錢賭勝負为戲。

十八

目連大戲看連場，扮出強梁有五傷。小鬼鬼王都看厭，

120

賞心只有添無常。目連戲及大戲中演添無常均極滑稽之趣、即東嶽城隍迎會時亦如此、故小兒甚喜之。

十九 果餌

荸薺甘蔗一筐賦、梅子櫻桃赤間青。更有楊梅誇紫豔、輸他嬌美水紅菱。

二十

嘉湖細點多精美、不及糕糰快朵頤。艾餃印糕排滿桌、難忘最是炙麻餈。印糕方形、上印有陽文文字、故名。搗糯米餃、中裹豆沙或芝麻白糖餡捏

121

爲扁圓形、曰麻餅、於
熱蟹上炙食最佳。

二一

漫誇風物到江鄉、熟藕包來荷葉香。藕粥一甌深紫色、
略添甜味入餳糖。紅糖俗名餳糖、淡若琴、流質之黑糖則曰沙糖。

二二

兒曹應得紀文長、解道敲鑼賣夜糖。想見當年立門口、
茄脯梅餅徧親嘗。圓糖名爲夜糖、不知何意、見於徐青藤詩中。以黑糖煮茄子、晾使半乾、曰茄脯。梅餅如銅錢大而加厚、係以梅子煮熟、連核同甘艸搗碎、範成圓餅、每个售制錢一文。

二三

一盞盛來琥珀光。石花風味最清涼。新煎洋菜晶瑩甚，獨缺稀微海水香。石花煮汁，用井水鎮使凝結，加糖醋食之，為夏天消暑佳品。近乃以洋菜代之，雖純淨易消化，而無復有海艸香氣，遂覺索然寡味矣。

二四

居然嘗菜学神農，莫笑貪饕下苦功。玉竹香甜原好喫，更將甘艸潤喉嚨。藥物中甘艸之味，人多知者。熟玉竹之肥壯者食之亦甚腴美，可當點心。

123

從前有一個笑話，說得極好。主人倒茶敬客，茶葉既壞而且少，客啜茶贊不絕口，主人問故，客曰，這茶熱得好。鄙人不懂詩，尤不會做詩。在老虎橋閒暇無事，隨手寫了些七言或五言的小篇，形式頗與古時和尚們所作打油詩相似，姑稱之曰老虎橋雜詩，其實本無詩味，與主人之請茶相去無幾也。刀

124

炳賢兄兄之必欲借觀、之之不已、又出佳紙、必欲今寫一本藏之。重違雅意、勉強寫記重閱、一過、深增汗顏。詩既不成、字亦甚拙、欲焚之一詞、則紙乃好得很耳。 炳賢兄毋客氣、或不肯直說、而觀者倘、當以吾言為不謬也。 三十六年十二月二日、 知堂題記

125

附記

今春多雨、驚蟄以來、十日不得一日晴、日惟閱說文段氏注以消遣。偶應友人之屬、錄舊作兒童雜事詩、忽有所感、覺得尚可補充、因就生活詩部分、酌量增加、日寫數章、積得二十四首、暫作結束。定為兩編、舊日所寫多以歲時為準、今則以名物分類、此種材料尚極夥多、可以入錄、唯寫為韵語雖是遊戲、亦須興會乃能成就、丁編以下、倘有

126

儥作，當俟諸異日。三十七年三月二十日，雨中記。

127

韋乃綸　拘幽吟草

韋乃綸，工詩詞，出獄以後仍多有創作，其作品散見於《中外雜誌》，至1992年逝世以後，其家人整理出版《甦齋詩詞草》，收錄海外、燼餘兩吟草及詞草。他在獄中所作詩詞集何孟恒認為最能道出幽囚羈旅的情懷：「印象較深的有翠微韋乃綸甦齋，獄中有「拘幽集」，每邀前輩

拘幽吟草

余自遭獄累閉門習靜不廢吟詠兩年以來得詩二百餘首詞五十餘首發諷之作不輕示人茲勉遵　孟恒兄之囑摘錄若干交其便送吳門就正於

太夫人及　榆生詞長倚荷　大雅不棄憐而教之有厚望焉

丁亥冬至後一日　甦齋韋乃綸謹誌

憶泰兒夢覺後作

夢覺無尋處翻成醒後悲眼前猶歷歷膝下正依依戀母吾何恨呼兒汝不知應憐白髮嫗忍死待含飴

世亂兒方見時清我便囚五年成一夢百感入孤愁母在恩常在兵休恨未休有懷長不寐無計遣離憂

001

嘉許。篋中藏有幾頁抄本，是當日老虎橋頭共數晨夕的紀念。在香港的時候，還見甦齋幾次，後來聽到他因為兄長的邀約，還居滬上，就再沒有消息了。他的〈有友行哭石泉兄〉最能道出當時情狀。」見《何孟恆雲煙散憶》增訂本，頁230。

昔日輕為別今朝會却難不緣黃浦恨已絕白門歡金盡拋骨肉詩
成嘔肺肝誰為效將伯慰我半生殘

乙酉除夕 二首 錄一

每到今宵百感侵南冠此夕更難任与誰共守將行歲顧我徒傷不
盡心骨肉萬家多樂事庭闈幾處有哀音人間憂樂何嘗共擁被聊
為寂寞吟

丙戌立春 六首 錄四

木帝東郊駕又迴春盤不到獄中來裁紅暈碧誰爭巧蘆菔芹芽自
覺衰生意已從今日動歡懷為閉幾時開陽和應徹窮途恨消息無
端勿浪猜

屈指西風暗〻驚來時秋盡忽春生但看歲序行何速已覺胸懷氣

002

二

漸平吟事每多愁日意書聲猶憶廿時情最難此後春宵短萬里家
園夢不成
白門天色最宜秋卻是春來好散愁隄柳漸舒迎客眼山鶯初試隔
年喉歌殘三疊人何往酒盡千杯淚自流每到夜闌思舊事一生禁
得幾回頭
邊烽無燄暗朱旗玉帛終成莫我欺雨露也曾霑野草春風甯不到
枯枝乾坤已定休重賭氣運方興正可為今日中華稱上國鯫生何
敢怨明時

金陵雜詩四首

江山猶是舊京華景物偏堪助怨嗟豈有鸞凰安枳棘果然猿鶴委
蟲沙石頭胡騎降旛出城上悲笳落照斜回首當年登覽地只今羈

恨隔天涯

紫金山色鬱蒼蒼長遺遊戰簇下岡國父有靈應眷顧吾儕無日不悽惶每逢祭告心如搗只是登臨意亦傷爲問西來車馬客此時何以發幽光

伊人幽思託梅花魂繞山頭數影斜花事一春空爛熳山靈千古共咨嗟豈無怨恨啼鵑鳥賸有淒涼哭暮鴉今日相思還自歎更堪歸夢到京華

湖上清遊月殘圓舊歡幽夢此低徊亂離時節偏多感牢落情懷得暫開妙曲韻隨春水泛新詩句被雨雲催年年柳色隄邊綠何日韋郎可再來

無題二首 錄一

004

三

十年飄泊老王孫萬里關山阻故園去日匆匆郎上馬歸期寂寂妾銷魂因風怕見楊花舞墜溷誰憐柳絮存千古傷心情事在息夫人已不能言

聞梅花山汪公墓被毀

引刀一快情何壯嚙石終身恨轉深共怪書生輕晚節誰憐孽子墜孤心守遺在野由來久枯木逢春直至今欲向梅花問消息人間何罪到山林

張廩丞先生輓詞

贈詩纔隔未多時忍作招魂宋玉詞生死本非吾輩事短長且任後人為堪嗟大有終何有（公精君平之術未得疾前嘗為同人卜休咎得大有卦以告叔雍云卦象甚吉）同是相悲也自悲一事知公難瞑目病中無計見妻兒

005

苦吟十首（用陶公飲酒詩韻十首韻）

杜老愛苦吟李侯曾嘲之苦吟令人瘦況在困阨時我今居南樓苦吟亦如茲中夜輒不寐淂句時復疑身瘦心轉樂愁未還自持

守拙居靜室閉門即深山時或有新意詩歌為我言白日何悠悠我生已中年不恨無佳句但恨無人傳

身在樊籠裏此心仍有情誦詩得佳趣喜悅不能名掩卷信冥想睡思悠然生閉目見古人秀語夢自驚欲和春草句覺來竟無成

東坡昔有言鳥囚不忘飛況乃獄中士局促心傷悲骨肉遭兩絕悽悽徒瞻依宇宙廓有容茫茫獨何歸人生似夢幻百歲幾榮衰閒謠度今夕天道不可違

外物心自靜不覺俗聲喧邈然人事絕情愛成枯偏平生徹憂患一

笑空羣山睡鄉頗足樂白日時往還吟詠乃餘事舍此當奚言
不有昨日非焉知今朝是是非本無常何況譽与毀馬耳過春風萬
事聊復爾因居豈非隱安用從黃綺
今日階下囚昔年堂上賓尚留形骸累難忘兒女情中懷無可訴肝
膽誰爲傾和我長夜吟賴彼羣蛙鳴鼓吹有時歇百感紛然生
春夏生意感百卉爭妍姿秋冬霜露零槎枒成枯枝造物有常理榮
枯未足奇人生偶失意惻＝奚以爲以詩寫我懷暫忘此時羈
慘＝天爲容陰霾何時開悠＝世中事前路空瞻懷氣変天莫測運
去時暫乖傷哉枳棘林鳳鳥胡登棲緬彼君子邁卓然凌汙泥願絶
今世歡思與古人諧閒吟復長嘯適性詎云迷枕畔陶公詩日誦千
百回

巖扉終日夕跼蹐室一隅竊效莊生達曳尾在中塗常思令腹滿翻悔昔飢驅宦橐雖空乏吟囊頗有餘憂患永相忘日月馳不居

初到甯海路高院看守所作

已著南冠敵擇居但堪容膝慮無餘炎威莫抵心頭靜倚枕時還讀我書

一飽令知事亦難私囊能解得加餐同來多少無家客誰食何人淚暗彈

漫說憐人也自憐嘗新如募十方緣饞涎纔解愁難解幾度心酸下箸前

和伍平一獄中書懷八首

俯仰從来不愧天獨留心事託吟箋西樓極目雲封路東海招魂玉
化煙柳絮因風空作舞蘭膏無火豈能燃京塵此日悲重染換盡滄
桑只隔年
齊楚何嘗得自如越秦肥瘠歎殊途叢深自昔徒驅雀鼎沸於今尚
有魚哀痛未聞明主詔寬仁惟及敵人俘更看烽火連東北一戰功
成恐是虛
功罪他年屬阿誰蒼生刼後有餘悲憐君空上千言策愧我低吟百
誤詞滄海横流知曷極甲兵重洗問何期南音欲訴心中怨每觸哀
絃指便遲
事不能平可奈何且將出憤付悲歌一朝色変皆爲罪三字寃沈信
不誣文士任教頭可断將軍猶擁劍横磨記曾小住京華日老虎橋

009

邊幾度過
薏苡明珠費浪猜死生得失任安排風雷歸令驚行色雨露仁恩入
夢懷國事每緣清議誤吾徒難与俗情諧無須計日悲前路百歲光
陰亦有涯
漸添星鬢入中年恰有閒愁此地牽何所獨無芳草路幾時得整故
園鞭湖山應踐重來約兒女還多未了緣莫笑韋郎慣輕薄鐵窗綺
夢更纏綿
吾身長慣是生離舊恨新愁只自知南海明珠今夕淚東山絲竹此
時棋開殘梅萼歸何晚吟到桃花怨已遲心上眉頭分付了最關情
處夢依二
萬事寧非有數哉寸心無愧莫言灰睡鄉安穩堪留戀詩國縱橫任

六

往來殷鑑可同明主道泰亡長被後人哀吟成青鳥傳消息願對黃花共舉杯

有贈四首

長記相攜買酒回未曾骨醉已眉開無多輕怨心頭過不少甜言耳畔來青眼並時翻作白素心兩地莫同灰重逢此日中秋近暫得團圓且放懷

不多時節數行書預報南歸下月初勸我情懷休太惡知君心事未全虛連宵枕上三更醒片刻窗前一夢如莫道相逢便惆悵許多惆悵了無餘

同來女伴不曾癡欲語分明故故遲事有未言心已了情何能鎖眼先知陪君笑臉原非假抑我羈懷詎敢欺旬是清時多雨露莫愁無

011

藥療相思

絮語叮嚀後期眼前不會又輕離欲行真有難行處相見爭如不見時久別情懷容易慣重來消息總嫌遲南冠若問如何遣除卻相思百不宜

蕪園索書及詩余自被逮迄今恰滿一年率然賦此書以贈之

幾度遷流又一年相逢此地得非緣生涯漸慣閒中過消息常疑夢裏傳百首新詩吾已悔數行惡札子何便屬稿無限思量處盡在淒風苦雨天

有友行 哭石泉兄

有友有友去十日我淚我淚尚泪＝十日相去無幾時一代英豪為異物墻外槍聲墻內驚人間恩怨不分明單令昔聞寬將帥爰書令

七

見到書生書生報國非容易地獄投身饑虎飼當年虜騎陷京師殺伐聲哀動天地黯〃旌旗日月昏百里千里大軍退大軍退後豈無人百姓流離天所棄翻思軍退有時回忍辱偷生旦夕事況有田園与廬墓那得輕拋与想置卻無驢馬与舟車欲往桃源安可致大軍百萬一時還凱歌齊唱好河山痛定於今復思痛回首已是八年間八年歲月去飄忽八年水火深且熱民命倒懸何能久東山猶有斯人出我友林公起相從救饑拯溺勇更忠如椽巨筆驚風雨懸河雄辯還詞鋒共怪本初弦上疾不思黃祖腹中同燕王欲市駿骨貴伯樂既過馬群空志士平生重肝膽豈懼刀刃交挺胸求仁得仁亦無憾含笑赴義何從容吁嗟吁嗟公往矣思公思公悲復涕嶺南革命多健兒我本与公同來梓讀書康樂更同時（廣州河南有康樂村嶺南大學在焉）公工

文章与數理前路分馳十載春海上相逢共鶯喜與論宣揚復鼓吹患難因緣從此始公之擁戴在汪公我亦從公報知己自從河內掀新潮潮頭噴湧雪花飄石頭城下潮聲咽人去城空更寂寥東去波濤方滚滚西來車馬又蕭鄭度有罪貶台戶摩詰無心事僞朝南樓多少南冠客檻車載我金陵陌老虎橋中日月長与公正是對門宅患難交情久更深談笑有時終日夕喜公知命故不憂羨公窮道卜龜策公言國運有轉機公信朝士不竭澤公之故人海上來為公呼歸乞大力傳來消息使人歡小園慰語相盤桓豈知吏役傳公去從此不復歸寢門我淚既乾我腹痛檢點遺物心辛酸我欲問天天不語嗚呼天道安足論

鄒泉蓀為其姪女德璉索詩為七言歌行贈之

014

鄰室鄒君爲我言渠有姪女慧且賢負笈春申正妙年棄學未居虎橋邊伯娘有病湯藥煎伯父有事承仔肩清晨入市沽菜鮮歸來烹調作盤飧提壺挈榼不俄延一日兩叩虎牢門有時鄉老相周旋奔走呼號涕漣＝黌宮絃誦豈不便長者之事無乃先亦知學問無他端躬行力踐性理全我今作詩贈娟＝揮毫落紙心辛酸我有姪女病魔纏京滬睽阻如雲天鄒君与我同迍邅只我無家更可憐低徊三復舊吟篇每飯心傷下箸前但願西江水盡翻一洗斯世諸煩冤骨肉家＝皆團圓豈獨我與鄒君然

贈羅生伯偉

昔有故人子避虜西赴渝留書与父訣骨肉從此疏慈父恩豈薄祖國情更逾國難方未已子職甯暫虛亦知爲父者數＝留偽都報國

無異趣趨合或殊途志切聊城矢情通寰武士書恐此一朝別不負七尺軀敵寇勢已蹙重會期斯須數載大軍還凱歌塞路陽阿兒歸視父父作階下徒國恥既已雪家恨何時紓令我遇故人虎橋同出居河山率先復一己誠區二公論千載後直筆有董狐所感故人子衣食追馳驅大夫四方志努力莫踟躕贈此短歌行聊筆長欷歔

再贈距前會已逾八月矣

檢點詩囊意惘然淚痕猶在墨猶鮮韶光八月非容易人事千般有變遷玉盒膺將紅豆數錦書空盼綠衣傳相逢豈作他生計珍重今朝一面緣

傳來消息使人疑情到深時願亦癡未必天心無老日何妨地角有窮時鳳臺端合神仙住鮒轍堪教達者悲我本疏狂今已悔獨難排

卻是相思

十二銅龍刻漏長此心安處即吾鄉好花鏡裏何堪折明月天邊未許忘尚想秦嘉懷寶鏡也知韓壽愛奇香九州錯鑄空餘鐵舊恨新歡總斷腸

莫怨匆匆一剎離夢中飄忽更無端前番蓮子心徵苦此際梅兒齒半酸顧我敢嗟孤影怯勸君須遣兩情安相酬好語休疑忌亂世盟言不算寒

次韻伍平一登樓

飄蓬身世任悠悠百感千衷夢裏收未見有情懷故土更堪多難上[illegible]危樓戰場到處添新鬼大獄何時縱怨囚若使仲宣還作賦登臨安敢望神州

017

三贈 前會迄今將半多歲月悠悠子懷渺渺 每二小會好語無多盡均有難言之痛否

三贈休嫌絮語頻作寒天氣又逢君卻無青鳥迎王母但想驚鴻詠
洛神金爐寂寥長夜暗玉顏溫潤片時親如今也笑梅妃妒一斛明
珠自可珍
二年三度慰相思未了心期強自持金井波平風乍起銀床露冷月
潛窺維摩天女禪應解蕭史秦娥事可疑最是枕邊桃核在覺來人
去已多時
新來吟鬢點清霜愁裏盧郎枉自傷紅萼當年曾有約黃花明日豈
無香漫誇漢苑三眠柳已覺邯鄲一夢粱若見洪崖肩暗拍定知不
似舊王昌
啼夜城烏去、白頭青衣童子語先咻花開須刻猶能見艾積三年不

018

易求庾嶺南枝春信早隨隄芳草夕陽愁憑君遠寄相思字目斷雲羅萬里儔

輓殷亦老二首

巫咸空望下圜門欲問衡冤孰可論卧榻豈容人鼾睡羆裘終歎卵無存福堂幾見馬生角青兒徧海無處棲畢竟瓊樓高處好夜臺休怨未歸魂

虎尾憂危世運更南冠相對話平生論交稱子猶年少逑老王公自老成兩露共占新歲好雷霆不道虞時驚鳥啼蛻語今休問每展遺箋涕淚橫

与周吳諸子共製金剛經香讚曲譜得一絕句

不作南音作梵音急　仙韶得道李陳王才誠風流甚也向禪關話

019

顧深

戲贈孟恒兄

傳粉郎君作粉侯嬌卿雲路得偕遊胡麻餅已蒙青眼甘露羹難治
白頭玉潤共誇時世羨冰清終惜老成謀他年東閣重來日定賞香
鈿額上留

020

韋乃綸　拘幽詞草

詞一

拘幽詞草

念奴嬌 錄十一首

人生豈得長悲戚 萬里驚飆 百丈狂濤 天遣風波戲我曹 臥龍躍馬終黃土 成也無聊敗也無聊 千古江山付寂寥

金縷曲 某報記者撰老虎橋監獄巡禮一文並及余謂手執木板書卷而讀面色紅潤氣宇軒昂不似牢獄中人云云感而作答

此恨成千古 一年來南冠減盡壯懷如許 憂患傷人容易老 何況而今最苦 又卻是中年心緒 回首京塵成一夢 沒來由老虎橋邊住 天下事 誰堪語 多君對我生憐慕 儘殷勤教朱顏未改軒昂眉宇 縲絏生涯今漸慣 成敗本來無據 且放下眼前漢楚 把卷高吟吾自樂 有古人相伴風和雨 輕落了 何足數

又 寄懷舍弟昆仲

001

多少辛酸意，擁雲箋，策回腸，訴淚痕盈紙，骨肉一家都散盡，母老衰謝了，寄居又傷天涯。千里兩種相思，千種恨，念茫茫、前路誰知，已況又是南冠累。　此間歲月非容易，最難堪淒風苦雨，下寒天氣，錦瑟華年休再問，怕數金釵十二，便拚卻今生憔悴。一事勸君須記取，將歸來早把慈親慰，慰我者亦此耳。

鳳凰台上憶吹簫　寄仲山

君去天涯，我來地獄，人間到處風波，念漫漫長夜，前路如何，回首繁華歡笑，渾疑是一夢南柯，真無奈，沈腰瘦損，漸漸消磨。　愁多虎榜歲月，便生受而今，直恁蹉跎，拚胸中悲憤，分付高歌，畢竟百年易老，南冠恨，轉眼都過，思量畫湖邊釣艇，江上漁蓑。

念奴嬌

霜寒初起西嚴廊夜悄淒涼風雨欲添寒衣心又惱觸起懷人情緒錦
瑟音沉寶箏弦斷枕上素書攜隨窗淅瀝分明一曲悲謠 回首京國
錦塵殘羹冷炙依舊辛酸萬留得餘生成底事此際多情良苦慣
夢家之年別恨夢繞天涯路寒鷄今夜憐余不敢啼嘯

水龍吟 偶閱耕廬觚知堂諾公起用鈔此詞句

人生南北真如夢詎料此間相遇榴花謝了西風乍起又催歲暮不是尋
常也應珍重同舟風雨間多年患難因緣有幾且放下愁如許 我亦
飄零雲雲偶然間虎橋羈旅胸中塊壘眼前恩怨早經拋去抽韻酬
詩清磨日夕許多吟侶望天涯烽火鐵窗歲月任悠悠度

風流了 劉子卿光宇題
西諦鈔題閱

風流渾未滅，丹青罷、詩詞又頻敲。看眼底乾坤，憑君點染；胸中塊壘，對此同消。詩還問、欲歸心似箭，不讓渡江潮。但寄奇葩，紅梅長伴，偶拈綺語，鬢髮頻搔。南冠傷淪落，虎橋彈指，景急年凋。留得輞川雙絕，不算無聊。笑書生落命，古來便慣文人。結習此際難拋，還於畫毫吟賞起，舊中宵

又酬

歲暮與柏寬同人帶到歌會，余嘗聞度曲，秋琵琶行，追思舊日風流，不勝感慨係之，因賦此調，聊遣此懷

正拍見餘歡，聲歇別有閒愁句起。流年驚度，樓怕秋娘遲暮，暗悲銀字。簇拍青衫，飄零紅粉，千古傷心一例。潯陽琵琶，恨問重翻舊譜，知音誰是。便踏遍天涯，當作流落，更無流水。風流今已矣，歌筵昨往事，何堪記，空嘆息。越裳翡翠，南海珊瑚，怎能禁寂寥。如此酒邊，南冠淚絲竹，又早意拋棄。聽歌樂還無味，無端今夜偏把相思重理，更闌又還不寐。

永遇樂

元月西日立春賦此迎春并謝景公
京錄湯已將多歌會之舊甲南玉詞敘

詞三

卻憶春歸又迎春至東去何需暗換流年華 空想節序禁得情如許 插花沽酒
自知無奈何又怨風愁雨 只應是君歸華虎橋 絕情敘侶 一年將暮 幾番
歡笑明日初逢 三五酒潤歌喉 月寒詩骨 一樣成醉 老南音低唱 怕應對往此際
風前休去 要休眠鶯鶯燕燕 從無輕語

唐多令 乾嫦

三五桂華飄 嫦娥分外嬌 歎流光暗把人拋 記得中秋前日見 纔五月又
元宵 別恨水迢迢 離魂黯黯銷 眼前青暮暮朝朝 料想故人千里外 當明
月而無聊

菩薩蠻

東皇一去無蹤跡 蜂愁蝶怨情何極 隱隱子規啼 夢中歸不歸 窗
前聞鶴唳 喜訊今朝報 何必問來穗穗 此心更煩

齊天樂 端午簡蔭南海子

榴花謝了還重吐，南冠兩逢端午，烽火驚心，心慘處，滿目猶是，棲身何處。幽居漫若西峯，世醒醒獨醉，讀語但想汨羅，至今遺恨如許。濁流騰拔，角黍怕難招怨魄，蛟饞龍嚼，艾虎空哉，釵符錯篡，世地偏多邪蠱也。休弔古，拆一曲高歌，發抛斛緒，料得來年，珠江歡競渡。

浣溪沙

淡淡愁懷淡淡妝，兩年瘦盡猶容光，相看不語費思量。昔日但愁緣未了，來時應許怨都忘，眼前無奈又淒涼。

水調歌頭 虎橋三次候審為此哀音 以下敘支微東山作

虎橋揮淚，今日又重傾，嘆似嘆魂不定，氣塡膺，恨難平，往事從頭有中原，紛紛烽烟，狼胡騎，騁淫威，逞任縱橫，西蜀義師披靡，淮泗誅影，莫保神京騰

前四

孑遺在野喘息暗吞声 鉅室公卿盡西行 問斯民命誰援拯狼虎阱

孰虎停嗟我等心耿耿 血奔騰赴危程 欲把金甌整孤身挺 敵鋒攖

蜀道棧閣河廻暗傷情也有微功 半壁東南境 未畏、凋零怎西來寧

焉不一問蒼生志士先烹

水龍吟 康錡知交李一文卿諸名句自茲會聽虎橋居停待宣忠及同舟[illegible]時點賦此代柬

虎橋無限相思有情無似詩人苦愁腸暗繞舊時歌扇新來吟句千

枕蟬聲裡憲望韻知他何處似高歌曼唱慰吾岑寂奈還是淒涼譜

南去北來何樣嘆雨一文傷離緒吟邊隻賞風前間步如今輕負

寒虎驕壇荒涼文會倩誰為主但禁垣目斷短箋遙寄把幽懷賦

秋霖 寄懷橋生 吳门

何處烏啼望渺渺吳天更感悽絶羅襟裏絃怕添羈思滿懷悲情新說夢

魂晰怯燭花殘度成虛佳會圓難訴問有情而水甚時決 追念舊日
索君親筆一紙殘箋多少磨折笑書生惺惺共惜又寄終豈枉時物無
奈苦吟猶未歇向夜闌衾冷有情害相思待憑新雁寄將詞札

摸魚兒 七夕

記當年小庭仙果夜深人靜私語歡時不識愁滋味翻笑癡牛騃女情深許
便陰想摩裳之勝神仙侶相思最苦問過了今宵鵲散又留此恨怎生度
風流夢不道如今竟對雲寒雨冷無據歡娛一夕休嫌短只有神仙解
還歸去去路任碧海迢迢依舊東時處仙源水駐奈惆悵人間偶離合
遠佳節又輕負

滿江紅 秋初忽吟此調候成調時曾爾待從裁之去方不致有首句十二夜閨之病 蓋初意全被判定刑十二年之前意遣併持來判之誠定也

十二夜閨待倩編潘郎頭白休再問新鴻寒雁故園消息遠夢任隨殘漏

008

詞五

悲秋詩賦向愁天覓問西風何物最關情蟹吟壁 聲似咽悲成織人不寐思無極向京塵回首待嗟覺劇者更自懸搠口計精禽空費填河力嘆管絃凝碧有餘哀誰憐惜

滿江紅 劉吳卿於今七夕摸魚兒詞句歸去路任碧海迢迢依舊來時看為寫曲作圖以贈賦此答之

攬鏡堪驚看詩鬢漸因愁白偏此際江郎才減庾愁堆積已分清吟吾自若奈何秀句居還覓縱多情秋扇必應捐傷秋色 歸去路迢迢碧來時處盈盈隔歎人間天上一般悽抑佳約不時縈夢寐相思無計憑鱗翼問丹青能否寫離懷傳消息

漁家傲

雨後新秋涼入袂餘陰又把斜陽蔽可奈昨宵無好睡西風起眼前漸覺淒涼意 天末冈冈挪雁字人間定有相思寄過盡千儔皆不是書難留

將怨語心頭記

水龍吟（蕭鐵老以將離而未獄內含素諷語念余欲勿水龍吟以狀其行奈上闋甫成自傷悽楚終附此調言為心聲無可奈何）

喜君先着歸鞭，贈行〔塗去〕何未敢吟愁句。尋常惜別，今番不是，者程休讓。兩載消磨，百般生受，羈懷良苦。問吟鞭側帽，虎橋回首，念前事，情何許。

有客對門曾住，過秋風寂寥，故傷心比似深宮永巷，君恩難普。十二銅龍，丁丁漏咽，更無心緒。倩何人喚起，相如健筆，續長門賦。

浣溪沙

消道詩人不可憐，吟愁常接暮愁邊，西風殘夜未成眠。　已分餘生非我有，故留殘稿待人刪，不成歌哭更無端。

木蘭花（甲秋前夕夢回作）

一年容易秋將半，落枕虫声，倩夢難憑，枕邊桃核認分明，帳底花顏

010

詞六

何當見　不眠忖欲秋宵徑有恨御橫　秋月滿即今將夢不由人夢
到好時天又旦

三株媚　丁亥中秋獄中

忖長長暗度悄嚴底新愁舊愁無數又到中秋望禁垣遮新素織
素素莫惜清光應照遍天涯情侶只當此際空對憐情不成孤負
堪笑蟾宮仙兔甚此夕偏忙搗霜瓊粹枉說長生怕海裏靈藥倚懷
共賞月也多愁翻自任壘辭千古待得團圓時節休煩玉斧

虞美人

西風夜夜蕭蕭雨覺得愁如許斷腸何必更懷人自是情多無處不銷魂
晨鷄以雊聲聲無淚不敢催人起夜長偏怕惡夢紛紛識虎橋羈客
此時心

011

浪淘沙 丁亥重九

付與殘年常又到重陽更無菊殘不黃囊莫怪登臨空負溪秋本
淒涼　風露又何嘗斷盡愁腸當年落帽負清狂此際南冠吟不去
只是思量

012

木蘭花慢

於寓吉日寫些佳音一番熱鬧又想起池對
寒窗夜雨愁動歸心枕上低吟凄然成調

盼芳期又誤。問消息、恍恍△便斷。喉晴檐。鳥啼夜闌。倫怨癡念△佳音△歲壽冷宵。年歲番情變到如今△鏡裏如花空折。水中明月難尋△愁侵鬢髮不勝簪△空思莫能禁△歎白髮年衰。紅顏易絕。黃口情深△誠哀△寒窗夜雨。聽一聲淅瀝一傷心△守住殘紅不寐。凄凄此那低吟△

013

金縷曲

夢賦

百歲猶彈指△悵浮生、疊騰一夢。被情絲羈△負
怪黃粱還未熟。試看仙枰遊戲△早爛卻、斧
柯斜(世計)要△進廢任教忘處好。怕田歌真也皆成佛△
君不見。槐安增△ 莊周化蝶真奇事△兩都忘、相
然為蝶。遽然首己△由(千古)幾才人多(風流)情甚。慣作雨情
雲意△空望斷、巫峯十二△畢竟至人非可學。要
夜夜相夢留人睡△又怕是。醒來易△

014

鳴謝

《獅口虎橋獄中手稿》建基於因政治緣故入獄之眾人贈予我父親何孟恆的墨寶，他於1948年3月從老虎橋監獄獲釋後，即帶同這些手稿前往香港，並整理、修復《靖節先生集》，悉心保存，讓我們能於是次出版清晰展示。

我們很感謝本書近三十多位作者，他們的作品提供了一道獨特的窗口，引領我們了解現今只有少數人認識的歷史片段。

我們也感謝陳登武教授發人深省的序文，為我們提供了歷史背景；黎智豐博士特別為2024年版《獅口虎橋獄中手稿》增添詳細的導讀；朱安培組織、整理各種文獻，撰寫編輯前言、龍榆生簡介，並點出龍氏與外公汪精衛的親密關係；陳德漢老師整理釋文；梁基永博士、潘妙蘭老師、陳登武教授、鄧昭棋教授指正；鄭羽雙協助整理材料。

何重嘉
汪精衛紀念託管會

意見回饋

是次問卷旨在收集讀者對本會出版之意見，
所收集資料除研究用途外，或會用於宣傳。感謝參與，
有賴您們支持讓本會出版更好的書！